나는 보헤미안을 사랑한다

나는 보헤미안을 사랑한다

I love bohemian

박성일 장편소설

나는 보헤미안처럼 자유로운 영혼을 가진 인지자로 살고프다

좋은땅

◆ 프롤로그 ◆

나의 첫 글
『나는 보헤미안을 사랑한다』를 시작하며

사진을 전공하고, 사진기자로서의 20년 삶. 사진기자가 사진집이 아닌 인문 소설을 썼다고 하니 모두들 동공이 커졌다. 기자로서 이곳저곳을 취재하며, 이 나라 저 나라를 다니며, 이 책 저 책을 읽으며, 이 사람 저 사람들을 만나며 느낀 행복이란 무엇인가? 하는 질문을 하게 됐다. 그 질문의 대답을, 나의 사상을 글로 표현하고 싶다는 생각이 들어 일기 쓰듯 메모해 둔 것을 일인칭 시점으로 나의 내면을 끄집어내어 소설로 완성했다. 국내 여러 작가들의 소설과 인문 서적을 읽고 느낀 점은 작가들은 저렇게 어렵게 글을 써야 하나? 미사여구를 이렇게 많이 써야 하나? 좀 쉽게 일상적인 말로써 읽는 이들과 활자로서 소통할 수는 없는 것일까? 하는 것이었다. 전문가답지 않게 누구나 자기의 글을 쓰고, 생각을 표현할 수 있는 그러한 책을 내고자 했다. 비록 나는 80세 남짓 정도의 인생을 살겠지만, 이 책은 나보다 단 하루라도 더 오래 남아 있었으면 하는 바람으로 글쓰기를 시작했다.

현대사회에 대한 부조리를 극단적인 표현, 즉 살인으로 표현했지만, 그만큼 고통이 없다면 사회가 깨끗해지지 않을 것 같다는 생각에 살인으로 묘사했다. 그리고 미래에는 반드시 지금보다 훨씬 깨끗한 이상적인 사회가 될 것이라는 희망으로 집필에 임했다. “육체와 탐욕의 쾌락이 아닌 정신적이고, 도덕적인 쾌락이 진정한 쾌락이다.”라는 사회의 인식이 자리 잡을 때까지 부조리에 대한 살인은 지속될 것이라 의심치 않으면서…….

목차

1. 나의 소소한 행복

행복이란 멀리 있지 않다
내 머리와 가슴속에 있다

1

2015년 여름, 시끄러운 드릴 소리에 잠이 깼다. 자명종이 울리지 않은 걸 보면 오전 6시 반 전임이 틀림없다. 휴대폰 시계를 보니 6시 10분을 가리켰다. 한여름인 7월이라 창가로 들어오는 햇볕의 따사로움이 아니 후덥지근한 더위가 감지되었다. 여름이라 그런지 오피스텔 밖에는 새벽부터 굴착기가 분주하게 움직이기 시작했다. 아스팔트를 부수는 작업으로 나의 아까운 잠을 깨운 것이 못내 짜증이 났다. 왜 멀쩡한 도로를 또 파헤칠까 하는 생각도 잠시 머리를 스쳐 지나갔다. 자명종이 울리려면 20분이 더 남아 있어 보통의 경우는 20분이나 더 남았다는 안도감에 잠시나마 다시 눈을 붙일 수 있는 기분 좋은 20분이었을 텐데 말이다. 오늘은 소음이 심해 곧장 화장실로 들어가 양치질을 하고, 출근 준비를 했다.

오늘도 여느 때와 마찬가지로 간단히 우유와 단백질 제품으로 아침 식사를 마친 후 7시 10분경에 전철에 올랐다. 조금 이른 시간이기도 하고 종점과 집이 가까워서 40분 정도는 앉아서 여유롭게 책을 읽으며 갈 수 있다. 부지런한 할아버지, 할머니들의 큰 목소리가 아니면 전철은 조용하다.

회사에 도착하니 우리 부서에는 아직 아무도 출근한 사람이 없었고, 저 멀리 타 부서에서는 커피를 들고 웃으며 얘기하는 후배 여직원이 보인다. 나는 먼저 가방을 내려놓고 컴퓨터의 ON 버튼을 누른 뒤 휴게실로 가서 아이스라테를 한 잔 만들어 더위를 식히고 있었다. 아이스라테를 마시며 휴대폰으로 중요 뉴스를 보고 있으니 우리 부서 직원들이 하나둘 출근해 휴게실로 들어와 나에게 인사를 한다.

"이 과장님, 좋은 아침입니다."

"어, 그래. 안녕, 김 대리." 나도 짧게 인사를 건넸다.

"제가 이 과장님 드리려고 아아(아이스 아메리카노) 사 왔는데…… 이거 드시지." 약간 콧소리가 들어간 말투로 나에게 말했다.

"어 고마워 나중에 먹을게." 하고 호의를 받아 주었다.

김 대리 이름은 김은서. 대구 출신으로 우리나라 최고 여대를 졸업하고 이제 5년 차 직원이다. 외모는 예쁘다기보다는 호감 가는 스타일로 남자들에게 인기가 많은 편이다. 하지만 눈이 높은 건지 호감을 표시하는 남자들에게 차갑고 냉정하게 대하면서 남자를 경멸하는 눈빛까지 드러낼 때도 있다. 시쳇말로 '나, 이대 나온 여자야!'의 주인공 같다. 다만 나에게는 아주 친절하며 상냥한 태도를 보내고 있다.

작년 그 사건 이후로.

작년 이맘때의 일이다. 여름을 맞아 마케팅부와 영업부가 가평에서 야유회를 가졌다. 계곡을 가자는 팀과 강에서 수상스키를 타자는 팀, 둘로 의견이 나뉘었지만, 다수결로 계곡으로 결정됐다. 가평에 사는 영업부 강 대리의 부모님이 사시는, 일반 사람들에게 잘 알려지지 않는 계곡이었다. 토요일이라 사람들이 많을 것이라는 걱정도 괜한 기우였다.

강 대리 부모님이 직접 만들어 주신 삼계탕과 닭도리탕에 직접 가꾸신 갖가지 나물로 만든 무침 등 오랜만에 음식다운 음식을 먹으며 자연을 만끽했다. 서울을 잠시 벗어나도 이렇게 공기가 다르다니. 콧속이 마치 치약을 바른 것처럼 시원했다. 남자 사원들은 한 상 푸짐하게 차린 음식에 막걸리, 소주, 맥주로 신선놀음을 즐기고 있었다. 그때 저쪽 20m 옆 계곡에서 다급하게 여직원의 고함 소리가 들렸다.

"여기 김 대리가 계곡에 빠졌어요." 누구의 목소리인지는 구분이 안 되었지만 몇몇 여직원의 긴급한 소리에 나는 그 계곡 쪽으로 달려갔다. 김 대리가 계곡의 가장 깊은 곳에 빠져서 허우적거리고 있었다. 남자 직원들도 나를 뒤따랐지만 다들 술이 얼큰히 취해 있어 주위만 두리번거리고 있었다.

"나뭇가지 찾아봐."

"밧줄 같은 거 찾아봐."

여기저기 한마디씩 던지며 발만 동동 굴리고 있었다. 그때 내가 신발만 벗고 뛰어들었다. 난 술을 먹지 않았고, 어린 시절 바닷가에서 살다시피 했기에 저 정도의 계곡은 어린이 수영장과 다름없었다. 김 대리가 빠진 곳이 바위에서 5m쯤 떨어진 곳이라 다이빙만 해도 금방 닿았다. 김 대리 쪽으로 헤엄쳐 다가가자 김 대리가 본능적으로 날 보더니 매달리는 것이 아닌가. 내가 미처 김 대리의 등 뒤로 가기도 전에 김 대리의 손에 잡혔던 것이다. 김 대리의 힘이 얼마나 세던지 내가 뿌리칠 수도 없었다. 나도 물속으로 빠져 계곡물을 한 컵 이상은 마신 것 같다. 그 잠시의 찰나지만 어릴 때 바닷가에서 수영하던 시절이 주마등처럼 지나갔다.

내가 초등학교 3학년 아니 4~5학년 때인 것 같다. 그때도 지금과 비슷한 일이 발생했다. 한 가족이 수영을 즐기던 중 중학생쯤(머리가 빡빡머리인 걸 봐서는 그 정도의 나이의 형인 것으로 보였다) 되어 보이는 형이 3m 정도의 바다에 빠져 허우적거렸다. 그때 그 빡빡머리의 아빠가 뛰어드는 것이 아닌가. 나는 그때도 수영을 곧잘 했지만, 너무 어려서 내가 들어가야겠다는 생각까지는 못했다. 나는 마냥 쳐다보고만 있었다. 아니, 구경하고 있었다는 표현이 더 어울렸다. 큰 사고로 이어지기 전까지 말이다.

아들을 구하러 간 아버지가 중학생의 손아귀에 잡히고 만 것이다. 초인적인 힘으로 아버지의 어깨를 누르고 물 밖으로 올라와 살려고 하는 빡빡머리 형. 그 아버지도 그 빡빡머리 형도 몇 분간의 생사를 오가는 싸움을 벌인 후 바닷속으로 사라진 것이다. 그제야 동네 어른들이 와서 이 두 부자를 건져 내었지만 두 사람 모두 숨을 쉬지 않았다. 80년대 후반이라 지금같이 119가 빨리 출동해서 심폐소생술이나 산소호흡기를 사용할 시대도 아니었다. 이미 그 두 사람은 골든타임을 넘겼다. 밤에 뉴스에 그 부자가 죽었다는 단신이 방송됐다고 한다. 다음 날도 어제 죽은 두 부자의 얘기로 동네가 시끄러웠다. 그때 우리 또래들을 불러 놓고 동네 아저씨가 말씀해 주셨던 얘기가 있다.

"어제처럼 저렇게 물에 빠진 사람을 구하러 갈 때는 절대 정면으로 가지 마라. 알겠나? 또 만약 물에 빠진 사람한테 잡히몬 겁먹지 말고 그 사람의 어깨를 잡고 같이 물속으로 끌고 들어가뿌라. 그라몬 물에 빠진 사람은 본능적으로 혼자 살끼라꼬 잡은 손도 놓고 물 밖으로 기 올라오거든. 그때 등 뒤로 가서 머리채를 잡거나 등을 밀면서 물 밖으로 나오믄 된다."

그 아저씨의 말을 듣자 머리에 망치로 맞은 것처럼 현기증이 났다. 현기증이 난 이유는 물에 빠진 사람을 구하는 방법을 배워서가 아니었다. 인간이란 동물도 자기 목숨을 위해서는 자기를 살리려고 온 부모까지도 밟고 올라가 자기만 살려고 하는 본능에 깊은 실망감이 들어서다. 이성이 없는 인간은 한갓 미물에 불과하단 생각을 가지게 됐다. 그때부터 철학의 뜻도 모르면서 인간에 대해 철학에 대해 관심을 갖게 된 것 같다.

김 대리를 바위 쪽으로 밀어서 동료들 쪽으로 보내자 모두들 안도의 한숨을 쉬며 "괜찮아?" "김 대리 괜찮아?" 하는 소리가 여기저기서 들렸다. 나 또한 괜찮냐고 물었다. 김 대리는 물을 많이 마시긴 했지만, 기침 몇 번 하고 수건으로 몸을 덮은 후 정신을 차린 듯했다.

"이 과장님 고마워요." 김 대리가 말했다.

"과장님은 괜찮아요?" 다시 김 대리가 물었다.

"어, 난 괜찮아." 나는 대답했다.

모두들 모여 삼계탕 먹던 마루에 둘러앉아서 좀 전의 물에 빠진 얘기를 나누기 시작했다. 마치 오래된 무용담을 얘기하듯 웃으면서 말이다. 그만큼 지금 김 대리의 상태는 좋다는 증거도 되는 것이다. 김 대리도 긴장이 풀리며 입가에 웃음기가 맴돌았다.

"김 대리, 너 때문에 이과장님도 큰일 날 뻔했잖아. 네가 이 과장님 어깨며 머리를 잡고 발버둥 치는 모습에 난 두 사람 모두 어찌 되는 줄 알았단 말이야." 영업부 이 대리가 호들갑을 떨며 말했다.

"이 과장님은 어떻게 그 상황에서 김 대리를 끌고 물속에 다시 들어갈 생각을 하셨어요? 참 대단하세요. 저 같으면 저도 이성을 잃었을 텐데……." 이 대리의 입은 쉴 줄 모르고 웃음 모드, 진지 모드를 섞어서 질문을 해 댔다.

"뭐, 난 이런 경험이 많아서 말이야." 나는 간단히 대답했다.

"역시 부산 사나이." 이 대리가 자꾸 비행기를 태운다.

"이 과장님 정말 감사해요." 김 대리도 다시 나에게 고맙다는 말을 했다.

"아냐, 몸조리 잘해. 온몸이 경직되어서 오늘 밤부터 몸이 아플 수도 있어. 그러니 내일 일요일이니까 푹 쉬어야 해."라고 나는 말해 주었다.

이날 이후 김 대리는 나에게만은 아주 상냥하고 콧소리 내는 버릇이 생긴 것 같다. 모두들 김 대리의 "이 과아장니임." 하는 소리를 따라 하며 놀리기 일쑤였다.

여러 번 김 대리가 감사의 뜻으로 저녁을 먹자고 했고, 선물도 주었지만 나는 정중히 거절했다. 나는 사내 연애는 전혀 생각도 없었고, 김 대리가 너무 어리게 보이기도 했다(이제 서른둘. 나와 9살 차이가 났다).

"왜 그렇게 김 대리의 호의를 거절하세요?" 재훈이가 김 대리와 나의 대화를 듣고 김 대리가 자리를 떠나자 나에게 다가와 이렇게 말했다. 재훈이는 김 대리의 1년 선배이며 성은 정이고, 직책은 대리다. 재훈이는 눈치는 없는 듯하지만 착하다. 능력은 다소 떨어지지만 착하다. 기승전결, 착한 후배였다. 대학교 4학년 때 캠퍼스 커플인 지금의 아내와 결혼해 1남 2녀의 아버지다. 항상 내가 자신의 멘토라고 말하며 나의 말이라면 죽는시늉까지 하는 회사 동생이다.

"김 대리는 나에겐 과분한 여자야." 나는 대답했다.

"이 과장님이 어때서요?"라고 되받아쳤다.

"내 삶을 이해하지 못할 거야. 김 대리도." 그만 얘기하자는 뜻으로 등을 돌리며 대답했다.

"아닐 거예요. 김 대리도 이 과장님 삶에 대해 알고 있어요. 나에게 이것저것 묻길래 잘 대답해 줬어요." 정 대리가 나를 설득하듯 대화를 이어 갔다.

"괜한 쓸데없는 소리 했겠구먼." 나는 다소 퉁명하게 말했다.

"쓸데없는 소리라뇨. 이 과장님이 얼마나 멋있는 분이시고, 능력자인데요. 옛날에 태어났으면 성인군자죠. 내가 여자라면 무조건 잡겠어요." 정 대리가 웃으며 말했다.

"그런 소리 하지 마! 나랑 생각이 다르면 같이 살기 힘들어. 여자가 고생해." 내가 정 대리 배를 툭 치며 말했다.

"오늘 점심이나 같이 먹자." 나는 이렇게 말하며 나의 책상으로 돌아갔다.

2

"여기 돼지국밥 두 그릇이랑 만두 한 접시요." 오늘은 고향의 맛을 느껴 보고 싶어 서울에서는 몇 안 되는 돼지국밥집을 찾았다.

"이 과장님, 불안하지 않으세요?" 자리에 앉자마자 재훈이가 물었다.

"뭐가?" 나는 무얼 말하려는지 알 것 같았지만 습관적으로 반문했다.

"이제 만으로도 마흔이시잖아요? 슬슬 결혼도 하시고, 노후 준비도 해야 하지 않나요? 저는 지금도 불안한데요." 재훈이가 단도직입적으로 쑥 밀고 들어온다.

"불안? 난 불안하지 않아. 난 지금이 좋아. 난 미래를 생각하지 않아." 나는 재훈이의 직선 공격에 방어를 했다.

"그러다가 잘못돼서 퇴직 전에 일자리도 잃고 가진 것도 없으면 어쩌시려구요?" 재훈이가 한 번 더 공격해 들어온다.

"넌 준비를 하고 있지? 그런데 불안하다며? 준비하는 너도 불안한데 준비 안 하는 나랑 뭐가 차이가 있지? 준비하는 너는 행복감을 느끼지 못하지만 준비하지 않는 나는 행복하다고 느끼면 내가 더 나은 삶을 사는 게 아닌가?" 이제 내가 공격을 했다.

"너는 죽음이 두렵지? 난 죽음이 두렵지 않아. 인간은 누구나 죽음을 두려워하기 때문에 행복감을 덜 느끼는 거야. 죽음을 이 세상에서 수고했으니 집으로 휴식을 취하러 간다고 생각해 봐. 그러면 전혀 두렵지 않아." 나는 재차 카운터펀치를 날렸다.

"나는…… 재훈아! 지금의 내 삶은 평화와 기쁨과 만족감을 충분히 느끼고 있어. 지금 행복해야 미래도 기대할 수 있다고 생각하거든. 지금 불안하고 불행하다고 느끼는데 미래를 준비한들 행복하겠니?" 내가 이 말을 하자 재훈이의 표정이 심각해졌다.

"그렇다고 미래의 행복을 위해 준비하며 사는 사람이 잘못됐다는 건 아니야. 삶이란 정답이 없는 거니까 말이야." 나는 이렇게 말하며 우리는 점심시간을 마치고 사무실로 들어갔다.

오늘은 일주일에 두 번, 또 다른 기쁨을 안겨 주는 날 중 하루다. 공부방 아이들을 만나는 날이라 모든 업무를 빨리 처리하고 나왔다.

대학 4학년 때부터 지금까지 서울의 쪽방촌 공부방에서 자원봉사를 하고 있다. 이 아이들을 보면서 안타까운 심정도 있지만 배우는 것도 많다. 많게는 30명도 되고, 적게는 10명 남짓에 머무를 때도 있었다. 공부방에 왔다고 모두들 공부에 뜻을 두고 오는 것은 아니었다. 돈이 없으나 공부를 하고자 하는 의지가 있는 아이들은 10명 중 한두 명에 지나지 않는다. 14년간의 봉사활동 중 내 손으로 대학에 보낸 아이들이 30여 명 정도 된다. 입학금 및 등록금을 지원해 주면서 그들의 후견인으로서 행복감을 느끼며 살아오고 있다. 벌써 10여 명은 바르게 성장해 사회인이 되었고, 나는 여전히 그들의 멘토이자 아버지며 형이고 오빠처럼 지내고 있다. 또한 몇 명은 여기 공부방에서 선생님으로 나와 같은 어려운 학생들을 돕고 있어 나에게는 더없이 좋은 동료가 되었다. 나는 이 아이들에게 두 가지를 항상 명심할 것을 부탁한다. 첫째는 자존감, 둘째는 행복이다. 나의 주관적 생각이지만 이들에게는 자존감이 가장 중요하다고 생각되어서다. 자존감이란 놈은 그리 대단하지 않다. 단 한마디로 "너희들은 소중해." 이것을 심어 주는 게 전부다. 자기 자신이 아무것도 아니라고 여기면 여길수록 패배주의에 빠지고 부정적이 되며 의지력도 떨어진다. "내가 이런 걸 해서 뭐 해! 난 사회에 필요 없는 존재야." 이런 생각을 갖게 한다. 그래서 나는 거지에게는 도움을 주지 않는다. 그들은 내 도움을 도움으로 느끼지 못하기 때문이다. 거지에게는 자존감이 없다. 인간이 가져야 할 최소한의 자존감이 없다. 거지에게는 그것이 직업이다. 진정 도움이 필요한 사람들은 정작 타인에게 손을 내밀지 않는다. 그런 사람에게 도움을 주면 자존감 때문이라도 무언가 하려는 의지를 보인다. 이것이 나의 기부나 봉사의 원칙이다.

또 하나인 행복은 다른 데 있지 않다. 너희들 마음속에 있다는 것을 주지시켜 준다. 사람들은 네잎클로버를 찾기 위해 세잎클로버를 밟는다. 행운을 위해 행복을 무시하며 살아가고 있다. 가까이 있는 세잎클로버인 행복의 중요함을 모르고 뜬구름과 같은 네잎클로버를 찾아 헤매는 오류를 범하고 산다. 나 또한 그랬다. 남들이 부러워하는 모든 것을 다 가지고 있더라도 자신의 생각이 행복감을 느끼지 못하면 행복은 남의 얘기다. 행복은 마음속에 있다. 물질은 다만 행복을 느끼는 데 약간의 도움이 될 뿐이다. 여기 가족 같은 아이들도 나의 생각에 동의하고 나를 따르고 있어 고맙고 나에게 많은 행복감을 안겨 주고 있다. 오히려 내가 이들에게 봉사하고 기부하는 것이 아니라 이들이 나에게 행복과 기쁨을 선물해 주고 있다.

"너희들이 있어 더 행복하단다."

3

"또 차인 거예요?" 이 대리가 출근하자마자 나를 보더니 인사 대신 약간의 짜증 섞인 말투로 물어본다.

"난 모르지. 어제 만나고 집까지 데려다주고 왔는걸." 나는 대답했다.

"이 과장님, 이번이 도대체 몇 번째예요. 걔는 이 과장님 좋다고 소개시켜 달라고 그렇게 조르더니 왜 두 번 만나고 안 맞는다고 난리를 칠까. 이 과장님이 얼마나 진국인데." 이렇게 위로의 말을 건넸지만 나는 이유를 알 것 같다. 여느 때의 이유와 같을 것이다.

"괜찮아, 이 대리. 내가 모자라서 그런걸, 뭐. 혜정 씨는 더 좋은 남자 만날 거야." 나는 정말 아무렇지도 않게 말했다.

"그러게 이 과장님도 남들 도와주지만 말고, 차도 사고, 집도 원룸 오피스텔 말고 멀쩡한 것 좀 얻으세요. 벌써 마흔이 넘었는데 아직까지 차도 없고 원룸 월세 사시는 분이 어딨어요?" 하고 드디어 내가 차인 이유를 설명한다. 매번 귀가 따갑게 듣는 말이지만 나는 사이렌(신화에 나오는, 몸은 새 또는 물고기 모습을 가졌으며 여자의 긴 머리와 목소리를 가진 바다의 요정으로, 아름다운 노랫소리로 뱃사람을 유혹해 죽게 만든다고 알려져 있다)의 노랫소리처럼 들릴 뿐, 귀 막고 눈 가리고 내 갈 길을 가고 있다.

이번 주 지난 수요일. 이 대리의 소개로 이 대리의 친구인 강혜정이라는 여자를 만났다. 긴 머리의 계란형 얼굴에, 내가 좋아하는 아담형 스타일이었다. 이 대리의 말로는 먼발치에서 이 대리와 다른 동료들 사이에 있는 나를 보고 여러 번 소개시켜 달라고 졸랐다고 한다. 명문대 출신, 대기업 과장에 178㎝, 73㎏의 호감형이라 많은 여자들이 관심을 보이긴 한다. 하지만 그때뿐.

소개받은 첫날에는 화기애애한 분위기에 맛집에서 식사와 분위기 있는 카페에서 많은 얘기를 나누고 가을바람을 맞으며 청계천을 따라 산책도 하고 데이트를 만끽했다. 다만 나에게 잘 보이기 위해서 원피스와 새로 구입한 듯한 하이힐을 신고 청계천 등 종로 일대를 돌아다녔으니 남자들이 군화를 신고 행군을 한 것처럼 뒤꿈치가 성치 않았을 테다. 이렇게 첫 데이트를 마치고 집에도 잘 모셔다드린 후 이번 주 일요일 잠실 놀이동산에서 만나기로 하고 헤어졌다.

일요일 데이트 때는 나에 대해 많은 걸 묻기 시작했다. 차는 왜 안 샀는지, 집은 왜 아직 월세 오피스텔에 사는지, 왜 아직 결혼을 안 했는지 등등. 어느 정도는 이 대리에게 들어서 알고 있을 내용이지만 궁금증을 팩트 체크하듯 쏟아 냈다. 나는 모든 질문에 사실대로 얘기해 주었다.

심지어 연봉까지도…….

1억이 넘는 연봉에, 대기업 과장이 차도 없는 뚜벅이이며, 월세방에 사는 것이 이해가 되지 않는 듯한 표정을 지었다. 그 후에는 미소도 아꼈다. 마냥 웃는 얼굴이던 모습이 차갑게 느껴질 정도였다.

나를 합리화시키는 것은 아니지만 난 이렇게 생활하는 것이 행복하다. 좋은 차를 타고 좋은 집에서 지내고 값비싼 음식을 먹으며 살아갈 수 있지만 난 그것이 나의 몸에 맞지 않는 옷을 입은 것처럼 불편하고 행복하지 않다. 여자들이 이런 나를 좋아하지 않는다는 사실은 이해한다. 인간의 본능이기 때문이다. 아니, 모든 동물의 본능이다. 암컷들이 힘센 수컷을 좋아하는 이유와 수컷이 예쁜 암컷을 꼬시려는 이유와 같은 것이다. 이 모든 것이 뛰어난 2세의 잉태를 위한 것이기 때문이다. 인간은 힘이 곧 능력(능력은 있어도 돈은 없는 나 같은 사람도 있으니까), 아니 재력인지라 여자들을 탓할 마음은 전혀 없다. 나는 다만 내가 가진 것을 어려운 사람에게 나눠 주고 나의 도움을 받은 사람이 기뻐하고 잘되어 가는 것을 보는 것만으로 행복하다. 이런 이타주의가 인간의 이기주의에 반항하는 심리에서 생겨났든 그렇지 않든 상관이 없다. 이런 이유로 내가 결혼을 하지 못한다면 얼마든지 감내하며 살 자신이 있다.

4

"이, 이~ 과장님! 저 이것 좀 봐주시면 안 될까요?" 재훈이가 말을 더듬거리며 내 책상 옆에서 말을 걸었다.

"어? 뭔데? 왜 버벅거리냐?"

"제 기획서 좀 봐 주세요."

"그래, 어디 보자." 나는 재훈이의 자리로 가면서 말했다.

"이런 건 이렇게 구구절절 설명할 필요가 없어. 네가 오너라고 생각하고 기획서나 보고서를 작성해야지." 나는 기획서의 필요 없는 부분과 꼭 들어가야 할 부분을 요약해 주었다.

"이 과장님은 도대체 못 하는 게 뭐예요?" 옆에 있던 김은서 대리가 또 끼어들었다.

"나? 못하는 거? 승진? 하하하." 나는 셀프 디스를 하며 말했다.

며칠 전 인사에서 나는 동료들 중에 유일하게 과장으로 남아 있다. 인사고과는 높은데 매번 물먹고 있다. 그래서 정 대리, 김 대리, 이 대리 등이 나의 눈치를 보고 있기에 내가 미리 그들의 마음을 편하게 해 주기 위해 농담을 건넸다.

"어머, 과장님. 호호호." 김 대리가 얼굴에 홍조를 띠며 웃었다.

"그런데 왜 이번에도 이 과장님이 또 승진에서 제외된 거죠? 이해할 수가 없네요." 재훈이가 이때다 싶어 말을 건넸다.

"홍보팀 최 과장도 승진했는데…… 참 이상해요." 재훈이가 말을 이었다.

"과장님도 좀 위에 아부도 좀 하고 잘 보이려고 좀 해봐요. 매번 옳은 소리만 해 대니 좋아하겠어요?" 김 대리도 이제야 하고 싶은 말을 하고 있다.

사실 내가 이들에게 이런 말들을 유도한 것이다. 나는 괜찮은데 이들이 더 불편해하고 나의 눈치를 보는 것 같아서.

"나는 승진에 관심 없어. 연봉 협상도 관심 없고." 나는 사실대로 얘기했다.

"맞아요. 저번 달 연봉 협상 때 이 과장님보다 정 대리 연봉이나 더 올려 주라고 했다면서요?" 김 대리가 눈치 없이 재훈이 앞에서 그 말을 해 버렸다.

"뭐? 김 대리, 그게 무슨 소리야?" 재훈이가 눈을 똥그랗게 뜨고 김 대리에게 물었다.

"인사부장님께 얼마 전에 들었어요. 정 대리님이 아이도 셋이고, 이 과장님은 혼자라 많이 필요 없고, 정 대리님이나 좀 부탁한다고 그랬다고 하더라구요. 이 과장은 바보인지 착한 건지 구분이 안 된다고도……."

"그게 정말이에요?" 재훈이가 나를 보며 물었다.

"야야, 그만하고 일 좀 해라." 나는 말을 끊고 자리로 향했다.

재훈이는 몰랐으면 하는 내용까지 알아 버려서 다소 난감한 마음이지만 껄끄러운 주제에 관해 부드럽게 넘겨서 편해졌다.

그랬다. 인사평가는 동기들 중에 내가 가장 좋았지만 나는 항상 승진에서 누락됐다. 아부하는 성격도 아니고, 높은 분들에게 싹싹한 성격도 아니다. 또 저녁에 공부방 봉사활동으로 인해 상급자들이 저녁에 한잔하자는 제안도 수없이 거절해 밉보인 적도 한두 번이 아니다. 나 자신이 누구보다 잘 알고 있다. 하지만 나를 따르고 아껴 주는 후배들이 있어 행복하다.

2. 나의 조력자들

영혼까지 탈탈 털려도

행복하게 만들어 주는 동반자,

친구(親舊)

1

퇴근길에 고양이 한 마리가 나의 오피스텔 옆 정원에서 울고 있었다. 이제 갓 눈을 뗀 새끼 고양이다. 불쌍하기도 하고 예쁘기도 해서 "배고프니, 냐옹아? 엄마는 어딨어?"라고 말하고 1층에 있는 슈퍼에서 작은 흰 우유 1통을 사 왔다. 냐옹이를 살짝 들어 올려 입에다 우유를 흘려보내 주었더니 분홍빛 혓바닥을 연신 날름거리면서 잘 받아먹었다. 먹는 모습도 너무 귀여워 나 또한 배가 불렀고, 뿌듯한 마음도 들었다. 그 작은 녀석이 우유 반 통을 먹었다. 내 손안에 있는 요 녀석의 배가 고무풍선에 바람 들어간 거 마냥 탱탱해졌다. 그 뿌듯함도 잠시 이 고양이를 어떻게 하지? 하는 생각이 뇌리를 강타했다. 이 오피스텔은 애완동물을 키우면 안 되는 곳인데 말이다. 엘리베이터 안에 '애완동물 사육 금지! 적발 시 강제 퇴실'이라는 벽보가 크게 붙어 있다. 어쩔 수 없이 나무 그늘 옆에 남은 우유를 따라 놓고 그 옆에 새끼 고양이를 내려놓고 집으로 올라갔다.

집에 올라와서 책을 읽는 동안에도 고양이가 내 머릿속에서 사라지지 않는다. 저 새끼 고양이는 지금 어떻게 됐을까? 큰 고양이나 어린이들의 장난에 큰일이나 생기지 않았을까? 하는 근심이 머릿속에 가득했다. 그런 생각을 하던 중 문득 두세 달 전쯤 5월이었던 것 같다. 창문을 닫아두었지만 숨넘어갈 듯하면서 날카로운 아기 울음소리가 들었던 기억이 났다. 어떤 집이 이렇게 갓난아기를 울릴까? 그 울음소리는 30분 단위로 초저녁부터 새벽 동이 틀 때까지 내 귀를 괴롭혔다. 지금 와서 생각해 보니 그 소리는 아기 울음소리가 아니었다. 고양이들이 나누던 사랑의 행위였던 것이다. 그로 인해 저 새끼 고양이가 태어났고, 어미는 새끼 고양이를 무리에서 놓쳐 버렸고, 사람의 손길이 묻어 무리에서 버림을 당한 것이었다. 내가 고등학교 때 부산에 살던 집(개인 주택) 바로 옆 나무판자를 쌓아 둔 곳에서도 비슷한 소리를 밤새 들었던 기억이 있다. 그때도 두 달 후 어미 고양이가 알록달록한 고양이 무리를 데리고 사람의 눈치를 보며 돌아다니는 것을 본 적이 있다.

이런 걱정이 자정이 지나도 계속되자 안 되겠다는 생각에 새끼고양이를 놓아둔 곳으로 내려갔다. 고양이가 보이지 않아 휴대폰 손전등을 켜서 어두운 곳을 밝히며 고양이를 찾아보았다. 10분쯤 두리번거리자 미세하게 '야옹' 소리가 들렸다. '나, 여기 있어요.' 하는 소리처럼 들려 너무

기뻤다. 내가 놓아둔 나무들 사이가 아닌 20m 옆 화단에서 소리가 들려 달려갔더니 초롱초롱한 눈이 손전등에 비쳐 더욱 빛났다. 그 예쁜 눈을 하고 나를 쳐다보며 '야옹야옹' 우는 것이 아닌가. 그냥 둘 수가 없었다. 일단 하루는 집으로 데리고 가야겠다는 생각에 고양이를 한 손으로 들어 겨드랑이 사이에 묻고 관리사무실 바로 앞 엘리베이터 쪽으로 향했다. 다행히 고양이는 내 마음을 알아차렸는지 아니면 내 품이 좋은지 울지도 않고 조용히 있어 주었다. 이제 문제는 경비원의 눈을 피해야 한다는 가장 중요한 일이 남았다. 천천히 걸어가 관리사무실 창으로 내부를 들여다보자 경비원 아저씨는 컴퓨터 앞 안락의자에 앉아 책상에 양다리를 올린 채 자고 있었다. '새벽 1시가 지났으니 어르신은 주무실 시간이지.' 안도의 한숨을 쉬며 엘리베이터를 거쳐 내 방에 무사히 안착할 수 있었다. 냐옹이와 오래 같이 있고 싶지만 그러지 못하는 환경이다. 다음 날 출근하는데 발걸음이 떨어지지가 않았다. 내가 출근 준비를 하는 동안도 연신 "야~~옹, 야~~~옹." 울어 댔다. 아니나 다를까. 빠른 퇴근 후 엘리베이터를 기다리는데 경비 아저씨께서 날 부르셨다.

"405호! 혹시 고양이 키워요?" 하고 물었다.

"아! 네, 어젯밤 정원에서 새끼 고양이가 불쌍하게 울고 있길래요. 돌려보낼게요. 죄송해요."라고 말하며 엘리베이터를 타고 집으로 들어왔다. 문을 열고 들어오는 순간, 냐옹이의 소리가 들린다. 하지만 냐옹이가 보이지 않았다. 소리만 들리고 보이지 않는다. 책상 아래, 싱크대 아래도 없었다. 소리가 나는 쪽을 귀 기울여 보니 침대 아래에서 소리가 난다. 침대 다리 옆에 쪼그리고 앉아 있는 것이 아닌가.

"냐옹아, 이리 나와." 하고 불렀다. 내 눈과 마주치자 그제야 나의 곁으로 나왔다. 우유를 먹이고 한두 시간의 긴 작별을 하고 냐옹이를 원래 있던 정원으로 돌려보냈다. 또다시 발이 떨어지지 않았지만 어쩔 수가 없는 노릇이었다.

"냐옹아 엄마 찾아서 가. 또 보자 냐옹아."라고 인사한 후 집으로 올라왔다.

그 이후로도 냐옹이는 신기하게도 나의 출근 시간과 퇴근 시간에 내가 지나갈 때마다 나를 불렀다. "야~옹, 야~옹."

냐옹이는 어미 고양이에게 버림을 받은 모양이다. 벌써 사람의 손길이 닿아 어미 고양이는 자기 새끼를 버렸던 것이다. 이제 냐옹이는 내가 돌봐야 한다. 예방접종도 맞춰야 하고 수시로 사료도 줘야 한다.

"그래, 냐옹아 이제 내가 네 집사다." 말하고 동거는 못 해도 가족임을 선언했다. 이렇게 출근 전에 냐옹이를 정원 가장자리에 먹을 것과 물과 함께 놓아두고 돌아섰다. 냐옹이는 내가 시야에서 사라질 때까지 계속 울었다. 짠한 맘이 밀려왔지만 '퇴근하면 또 같이 있자.'라고 속말을 하고 무거운 발걸음을 옮겼다.

2

오늘은 대학 때부터 3인방이었던 완준이와 경호를 만나는 날이다. 모두 같은 대학을 다녔지만, 전공은 다 다르다. 인문학 동아리에서 4년을 같이 보낸 형제보다 잘 아는 친구들이며 동반자다. 완준이는 대기업에 입사해 적성에 맞지 않아 2년도 채우지 못하고 유흥업소로 뛰어들어 룸살롱 알라딘을 경영하고 있고, 경호는 일간지 사회부 기자로 근무하고 있다.

완준이는 3년 만에 돈을 많이 벌어 알라딘 옆 건물에 또 다른 유흥업소를 열었다. 알라딘은 룸살롱이라면 이번에 오픈하는 곳은 북창동식 비즈니스클럽이다. 쉽게 말해 룸살롱은 2차를 주로 나가며 손님이 나갈 때까지 시중드는 집이고, 비즈니스클럽은 1시간 30분 정도 화끈하게 놀다가는 집이다(일명 쇼하는 가게이다). 완준이는 알라딘 옆에 이 비즈니스클럽의 이름을 '지니'라고 지었다. 알라딘에 나오는 요정램프에서 나오는 그 소원을 들어주는 거인 '지니'인 것이다. 내가 그냥 내뱉었던 말을 그대로 그 이름으로 간판을 올린 것이다.

"김 사장, 부자 되겠다?" 나는 퇴근 후 알라딘을 들어서면서 말했다.

"하하, 부자 되려고 이 궂은일을 하는데 빨리 부자 돼서 정승처럼 살아야지."라고 완준이가 말했다.

완준이는 10년 안에 100억을 버는 게 목표이며, 10년 개처럼 벌어서 정승처럼 쓰겠다고 한다. 처음에는 이해하기 어려웠지만, 이제는 완준이가 대견하게도 느껴졌다. 100억을 벌어서 공부도 하고 책도 쓰고, 그림도 그리며, 어려운 사람도 돕고 사는 것이 목표인 친구다. 완준이는 이제 3년이면 이 바닥을 떠날 거라고 호언장담하고 있다. 물질은 행복한 삶에 도움을 줄 수는 있어도 행복 자체는 아니라고 말하고 있다. 나와 생각이 같았다. 내가 어려운 학생들에게 장학금을 줄 때마다 조금이라도 항상 보태서 쓰라며 돈 봉투를 건네는 완준이가 항상 고마웠다.

완준이는 이상하리만큼 나의 심리를 잘 파악하고 있었다. 마치 나의 내면을 지하창고에 숨겨둔 모니터로 들여다보는 것처럼 말이다. 사람들은 보통 비슷한 특성을 소유한 사람들끼리는 동일시하려는 경향이 있다. 취미가 같거나 좋아하는 음식 등 관심사가 같거나 할 때 하나가 되려 하는 동질감을 형성하려 한다. 하지만 완준이와는 취미도 전공도 다르고, 미래에 대한 생각, 물질에 대한 관념도 다르며, 성격도 다르다. 그런데도 완준이와는 의견 대립도 없고 말도 잘 통한다. 공통점이 하나 있긴 하다. 싫어하는 것이 같다고 할까? 한국의 교육 문제, 정치 문제, 사회·문화·종교 등을 우리가 느끼는 현 시국의 문제점에 대해 서로의 의견이 너무 잘 맞다. 심지어 종교 문제, 인간의 본성에 대한 문제를 얘기할 때는 밤을 새워 가며 토론을 했었다. 좋아하는 것이 같을 때의 희열보다 싫어하는 것이 같을 때의 희열이 더 크다는 것을 완준이와 나는 너무나도 잘 아는 것 같다. 완준이와 대화를 나누다 보면 나의 내면에서 꿈틀

대던 심리적 상태가 말로나 행동으로 표현되곤 한다. 말도 엄청 많아지는 경향이 있다. 스트레스가 쌓일 땐 완준이를 만나면 금방 풀린다. 마치 여자들이 친구들을 만나 수다를 떨며 스트레스를 해소하는 것처럼.

그래서 알라딘의 아가씨들은 완준이와 내가 꼭 연인 같다고 농담을 던지곤 한다.

"창호야, 경호는 언제 온다니? 오늘도 사건 터졌나?" 완준이가 카운터에서 나에게 물었다.

3

경호는 다혈질의 열혈남아다. 불의를 못 참는 성격이라 우리는 화이트 형사라고 자주 놀린다. 경호는 중학교 때부터 종군기자가 꿈인 친구다. 그래서 신방과를 나와 기자가 되었고, 종군기자는 아니어도 사회에 도움이 되겠다는 일념으로 기자 중에 가장 빡센 사회부에서 만년 사회부 기자로 남아 있다. 다른 부서로 보내면 사표를 던지겠는 말을 버릇처럼 말하고 다닐 정도다. 우리 삼인방은 각기 개성이 다르지만 사상이 너무 같아서 형제보다 더 서로의 마음을 잘 안다. 우리의 사상은 진보도, 보수도 아니다. 그냥 우리는 우스갯소리로 말하는 상식(常識)당이며, 역지사지(易地思之)당이라고 명명하고 있다. 물보다 진한 것이 피라고 했는데 피보다 더 진한 것이 사상이 아니던가? 그 주의, 이즘, 사상이 무엇이기에 거의 20년을 붙어 다니고 있다. 하지만 경호는 완준이와 비교해서는 꼼꼼한 면이 다소 떨어져 나를 이해하는 데는 시간이 좀 걸렸다. 나와 제일 많이 싸운 친구 중에 한 명이었다.

"아, 고문관 새끼." 경호가 알라딘 완준이 방에 들어서자마자 인사 대신 내뱉었다.

"그 수습기자 말이야?" 내가 물었다.

"그래, 그놈 석 달 사슴앓이(일본말 '사쓰마와리'로 경찰 출입기자를 지칭하는 말로 한국에서는 수습기자가 제일 처음 출입하는 곳이 경찰서라서 나온 말이다) 돌더니만 크게 사고 한번 치더니 그만두겠단다."

"벌써 그만둔다고?" 완준이가 어이없다는 듯 물었다.

"새벽에 검찰청 가라고 했더니 펑크 내고, 데스크한테 욕먹더니 다음 날 문자로 그만둔다지 뭐야. 내가 더 열이 받아 전화했더니 꺼져 있네." 경호가 흥분을 감추지 못하고 말했다.

"기사도 발로 쓰더니, 예의도 냉동실에 박아 놓은 놈이야." 분이 풀리지 않은 경호가 한마디 더 했다.

"그러네, 정말. 저런 애들이 나중에 기레기 소리 듣는 거야. 오히려 잘됐네." 완준이가 거들었다.

"경호 같은 기자만 있어도 사회가 조금은 더 깨끗해졌을 건데 말이야." 정말 경호는 요즘 기자들이 욕 듣는 기레기가 아니다. 계란으로 바위를 때리는 싸움이라도 바위가 무서워 피할 정도의 계란이다. 또한 불법으로 정보를 얻지도 않고, 취재원의 보호도 확실하다.

하지만 경호도 욱하는 성격 때문에 부장, 국장과의 마찰도 심했다. 언제든 내던지려고 사표를 지갑 속에 넣고 다닌다. 10년 사이 소송건도 수십 건에 재판에 넘겨진 경우도 이루 말할 수 없다.

"이제 세상도 바뀌었으니 1인 미디어를 해 봐야겠어. 내가 하고 싶은 취재하고 고발기사 실컷 쓰며 살고 싶다." 입버릇처럼 경호가 하는 말이었다.

"몸도 사려 가며 해라." 완준이와 나는 그 말이 나오면 동시에 이렇게 말하고 혈기를 누르곤 했다. 이런 불의를 참지 못하는 경호로부터 나는 많은 정보를 얻는다.

또 한 명의 조력자가 더 있다. 회사 후배 정 대리, 재훈이다. 그는 검색의 왕이며 소셜네트워크의 왕이다. 마치 국정원 직원처럼…….

3. 나의 아프로디테

사랑이란 설렘 속에 숨은 더 깊은 사랑

이해보다 인정을……

1

"전화 한번 해 봐." 완준이가 전화번호가 적힌 메모지를 건네며 말했다.

"누군데?" 나는 의아한 표정을 지으며 물었다.

"너한테는 아깝지만 내가 잘 아는 누난데 너랑 잘 맞을 것 같다."

"누나라고? 몇 살 많은데? 나는 또 한 번 놀란 눈으로 물었다.

"3살인데 그래도 우리보다 더 어려 보일걸? 30대 초반 정도? 경주에서 최고 미인으로 소문난 누나야."라고 칭찬을 이어갔다.

"그런데 나를 마음에 들어 할까? 내가 또 한 번의 축구공이 되겠군." 나는 자신 없다는 투로 대답했다.

"긴말 말고 네가 전화한다고 말해 놨으니 잘해 봐. 이번 겨울은 좀 따뜻하게 보내 봐."라고 말하며 룸에서 나가 버렸다.

며칠 전 크리스마스도 혼자 책과 보낸 나로서는 기분 좋은 메모지였다.

12월 31일 저녁, 다소 들뜬 마음으로 휴대폰을 눌렀다.

"여보세요?" 낮은 톤이지만 부드러운 목소리가 내 심장을 노크했다. 연말 모임에 참석했는지 주위가 시끄러웠지만 나는 오히려 내 심장 소리가 들릴까 걱정이었다.

"네 여보세요? 저 완준이 친구 이창호라고 합니다." 나는 인사를 건넸다.

"저, 죄송한데요. 오늘 모임에서 새해 일출 보러 왔어요. 내일 다시 연락드릴게요."라고 말하고 우리의 첫 대화는 이렇게 끝났다.

나는 '공사다망한 분이시구나!' 생각하며 전화를 끊었다. 언제나 그랬듯 기대는 기대로만 끝나겠구나 생각했다.

1월 1일 오후 7시쯤 휴대폰 소리가 울려 전화기를 보기도 전에 예감이 좋았다. 역시 그녀였다. 가슴에서 진동이 울리듯 떨렸다.

"여보세요? 저예요." 그녀가 말했다.

"아, 아, 네, 안녕하세요. 일출은 잘 보였나요?" 나는 떨리는 음성을 숨기지 못하고 인사했다.

"호호, 네 이제 집에 왔어요." 그녀도 눈치를 챈 듯 대답했다.

"제가 세 살이나 어린데 괜찮나요?" 나는 내가 연하라는 게 걱정되어 물었다.

"제가 오히려 고맙죠."

"저기 제가 뭐라고 불러야 하죠? 성함을 불러야 하나요? 누나라 부를까요?"

"누나라뇨. 이름 부르세요."

이렇게 시작한 우리의 신년 대화는 끝을 모른 채 이어졌다. 화장실 갈 생각도 씻을 생각도 않고 계속 대화는 이어졌다. 1시간이 1분으로 느껴질 정도로 즐거운 시간이었다. 그녀는 박장대소할 때도 있고, 눈물도 흘릴 때도 있었다. 어린 시절 사춘기 때 마음에 드는 여학생과 통화할 때보다 더 떨렸고, 엔도르핀이 솟아나는 기분이 이런 기분일까? 느낄 정도로 행복한 대화가 이어졌다.

마치 1990년대 후반에 히트를 친 영화 〈접속〉 같다는 느낌을 동시에 받았다. 동시대를 겪어서 그런지 그녀도 나와 같은 생각을 했다. 아날로그 감성을 지닌 남녀가 PC통신 메신저로 사랑을 이어 가는 풋풋함이 우리에게도 현실이 되고 있었다. 마흔이 넘어서도 이런 풋풋한 감정이 나에게 있다는 사실에 놀랐고, 나와 같은 생각을 하는 여인이 있다는 것에 또 한 번 놀랐다. 이렇게 우리는 새벽 한두 시를 넘겨도 끊을 생각을 하지 않았다. 그녀 또한 마찬가지였다. 그녀가 잠시 화장실 다녀오겠다며 휴대폰을 내려놓을 때 말고는 휴대폰을 귀에서 때지 않았다. 휴대폰에서 나오는 열기도 우리의 열기를 이기지 못했다. 왼팔이 아프면 오른팔로 전화기를 들었고, 오른팔이 아프면 왼팔로 잡고 대화를 이어 갔다.

갑자기 전화기에서 괴음이 들렸다. 우리는 동시에 깜짝 놀라서,

"이게 무슨 소리예요?" 그녀가 물었다.

"아, 네?" 나는 내 전화기에서 들려오는 소리인 것을 알고 내 귀에서 전화기를 떼고 쳐다보았다.

"와, 벌써 6시 30분이네요. 제가 6시 30분에 기상 알람을 해놨거든요." 나는 그녀에게 그 괴소리의 정체를 알려주었다.

"하하, 우리 미친 거 같아요." 그녀가 웃으며 말했다.

정말 그랬다. 거의 12시간째 통화 중이다. 10대 사춘기들도 이 정도로 미치지는 않을 게다. 그래도 우린 대화를 멈추지 않았다. 내가 출근 준비를 위해 양치를 할 때도, 세수를 할 때도 전화기를 귀에서 떼지 않았다. 샤워도, 머리 감는 것도 건너뛰고 고양이 세수에 양치질도 하는 둥 마는 둥 하며 엉거주춤 한 팔, 한 다리씩 로맨틱 코미디에 나오는 남자 주인공마냥 옷도 주워 입었다.

"출근해서 어쩌시려고요? 제가 걱정이네요. 저는 오늘 쉬지만요." 그녀가 나를 걱정하며 말했다.

"저는 괜찮아요. 엔도르핀이 넘치다 못해 날아갈 듯한 기분인걸요." 정말 내 마음이 그랬다. 피곤함이 뭐예요? 걱정이 뭐예요? 내 몸뚱이는 전혀 걱정거리가 아니었다.

우리의 전화 통화는 내가 출근해 사무실 문을 들어설 때까지 이어졌

다. 시계를 보니 8시 35분이었다. 우리는 첫 대화를 무려 13시간 35분이나 지속했던 것이다. 사랑의 에너지가 이런 거구나, 처음 느끼는 감정이었다.

다음 날도 퇴근 후부터 새벽까지, 그다음 날도, 또 그다음 다음 날도 통화를 이어갔다. 드디어 우리는 서로 보고 싶은 마음을 못 참고 만날 약속을 잡았다. 그녀의 어머니께서 입원하셨던 서울의 종합병원에서 약 처방도 받을 겸 서울로 그녀가 오기로 했다. 일주일 꼬박 50시간 이상 전화로 이야기를 나눈 우리들은 금요일에 만나기로 했다. 나는 그녀가 2박 3일 묵을 호텔을 예약해 놓고 스케줄을 짜느라 두통이 생길 정도로 고민했다. 연애 초보자임이 여실히 드러났다.

2

드디어 그녀를 보는 날이다. 얼마나 떨릴지? 심장이 터질지도 모른다. 오후 2시 서울역에 도착하기로 되어 있으나 나는 한 시간이나 일찍 서울역 대합실에 도착했다. 두리번두리번, 모든 것이 아름답게 보인다. 나란 존재가 유치하단 생각까지 들었다.

그녀를 보았다. 우리의 첫 대면인데도 알아볼 수 있었으며 심지어는 먼발치에서도 후광이 비쳤다. 아프로디테가 신화 속에서 뛰쳐나온듯 이

보다 아름다울 수 있을까? 내 다리는 칼루이스보다 빨리 움직인다. 내 안에 심장은 그 다리보다 더 앞장서 달린다. 나를 보며 미소 짓고 15도 정도 내려다보는 모습에 난 왈칵 껴안고 싶은 충동마저 들었다.

우리는 1년마다 한 번씩 만나는 견우와 직녀같이 첫 대면인데도 오래된 연인처럼 손을 잡고 이동했다. 한 손은 그녀의 여행용 트렁크를 받아 들고, 한 손은 그녀의 손을 움켜쥐었다.

우리는 식사를 하기 위해 택시를 타고 광화문으로 향했다. 우리는 택시 안에서도 계속 입이 귀에 걸린 얼굴이었다. 손은 자석처럼 떨어지지 않았고, 그녀의 옆 이마가 나의 어깨 위에 있다. 나는 그녀의 숨소리까지 느껴졌다. 식사를 위한 인도 요리 전문점에서도 웃기만 하고 나의 얼굴을 똑바로 쳐다보지도 못하는 그녀가 너무 예뻤고, 사랑스러웠다. 어머니의 건강검진과 약을 처방받기 위해 종합병원을 거쳐 예약된 호텔로 향했다. 호텔에서 짐을 풀고 서로 마주 보며 마냥 웃는다.

“당신이 이렇게 편할 줄 몰랐어요.” 그녀는 나의 가슴에 파고들며 말했다.

나는 그녀의 말에 심장이 뛰어 가만히 있을 수가 없었다. 그냥 서투른 수컷 잉꼬처럼 그녀의 입술에 내 입술을 포갰다. 우리가 하나가 되는 순간이 머지않았다.

하나가 되려는 순간 “잠시만, 잠시만. 나중에 하면 안 될까요?” 그녀가 수줍게 얘기했다.

하지만 이미 늦었다. 난 내가 신사이며, 예의 바른 남자인 걸 알고 있다. 하지만 이번만은 그냥 자연 속에 수컷에 지나지 않았다. 두루두루 앞으로 이번 일로 배려하지 않은 남자로 잔소리를 들을지언정 내 가슴이 시키는 대로 해야 될 것 같다.

이렇게 우리는 하나가 되었다. 새끼 고양이처럼 편안한 숨결이 들렸고, 욕조의 거품처럼 부드러운 살결이 느껴졌다.

"자기의 심장은 어떻게 생겼기에 이렇게 포근한 거지?" 사탕발림의 작업 멘트가 아니다. 지구상의 존재하는 단어로는 표현이 안 됐다.

나의 몸이 그녀의 몸속으로 들어갔다. 내가 그녀의 몸속에 들어가 있는 순간에는 더더욱 죽음에 대한 공포는 없다. 그냥 이 순간에 누군가가 내 관자놀이에 총을 쏘아주었으면 좋겠다는 생각이 들 정도였다.

진심이다. 바로 이 순간에 나를 자연으로 보내 주는 사람이 있다면 모든 걸 다 줄 수 있을 정도다. 이렇게 우리는 영하 20도의 추운 겨울에 만나 뜨거운 사랑을 시작했다. 신축 호텔인데 난방이 고장 났는지 방안에는 입김이 나올 정도였지만 우리는 더욱 좋았다. 침대가 운동장보다도 크게 느껴질 정도로 우리는 붙어 있었다.

다음 날 아침에 눈을 뜨니 꿈이 아니었다. 나의 아프로디테가 나의 품에서 자고 있다. 여전히 나의 옆에 있다. 너무나 행복하고 아름다운 아침이었다. 여전히 영하 20도에 가까운 한파였지만 우리는 거리를 돌아다녔다. 나의 코트 오른쪽 주머니에 그녀의 두 손 모두를 집어넣고 人 자를 만들며 걸어 다녔다. 그녀는 두 손이 나의 한 손에 잡혀 있어 옆으로 걷는 마치 게걸음의 형태였고, 눈만 마주치면 입술을 마주 부딪쳤다. 20대 젊은이가 우리를 본들 아랑곳하지 않았다.

식당에서는 부어오른 그녀의 발바닥이며 장딴지를 마사지해 주었다. 분명 많이 힘들었을 텐데 볼이 아플 정도로 웃어 주었다.

그녀와의 2박 3일은 2시간짜리 뮤지컬을 본 것보다 짧았다.

나는 그녀 곁에 있는 것만으로 행복했다. 무엇을 먹어도, 어디를 가도, 무엇을 해도 완벽한 행복은 그녀 외에 다른 곳에서 찾을 수 없을 정도로…… 그녀와의 대화, 그녀와의 키스, 그녀와의 사랑, 그녀와 손잡고 자연으로 가도 불만이 없다. 동방의 에덴동산이 바로 여기였다.

"이 여자를 영원히 행복하게 해 주리라." 수십 번 독백했다.

다음 주 주말은 그녀의 생일이다. 우리가 맞는 첫 생일. 가평의 조그마한 카페에서 둘만의 검소한 생일파티를 갖고 나의 작은 오피스텔로 갔다. 나의 오피스텔이 이렇게 초라하고 부끄러울 줄은 꿈에도 몰랐다. 내가 살아온 날 중에 처음으로 후회되는 날이었다. 그녀를 근사하고 멋있는 곳에서 편안하게 해 주고 싶었는데…… 40 평생 처음으로 돈을 좀 모아야겠다는 생각까지 하게 됐다. 왜일까? 이 여자와 결혼하고 싶으니까. 성냥불처럼 금방 활활 타오르고 금방 꺼질 거란 염려는 나에겐 딴사람 얘기다. 나는 포항제철 용광로다.

우리는 이렇게 매주 장거리 연애를 했고, 아니 주말부부라고 해도 과언이 아닌 연애를 했다. 첫 여행도 짜고, 첫 생일도 맞고, 첫 사계절도 보내고, 대부분이 처음 일색이었다. 둘이 보낸 밸런타인데이도 그랬다.

Happy Valentine's Day
내 사랑~~ 울 여보!
내 사랑을 담은 이 세상 하나뿐인 초콜릿을
사랑하는 여보에게 드려요. ^^
오직 사랑하는 당신만을 위한 것이고
우리 사랑을 위한 선물이랍니다. ^^
사랑해요, 마이 러브.

2월 14일 뇌섹남 울 여보에게

우리가 맞는 사랑의 첫 밸런타인데이 때, 그녀가 직접 만든 초콜릿과 사랑의 편지를 받았다. 감동, 감동, 감동 그 자체였다. 내 인생에서 이렇게 여자로 인해 행복감을 느낀 적이 없었다. 나는 어릴 때부터 초콜릿을 먹지 않았다. 초콜릿 냄새를 맡으면 구토 증세가 나타나서 군대 훈련병 시절 때 초코파이를 줘도 배가 등가죽에 붙어 있다는 배고픔 상태에서도 먹지 않았다. 하지만 그녀의 초콜릿은 청산가리가 들어 있다 해도 먹을 수 있었고, 또 먹었다. 나는 초콜릿을 먹는 게 아니라 사랑을 먹는 거니까. 솔직히 무슨 맛인지는 모르고 먹었다.

우리가 아주아주 자주 했던 말.

"왜 이제야 만났을까요? 좀 더 일찍 나타나 주시지."

"지금 만나게 한 이유가 있겠죠. 이유가 있을 거예요, 분명." 우리는 우리의 만남에 대한 합리화에 힘썼다.

나의 행복은 자로 잰 듯하게 완벽했다. 너무나 완벽한 행복은 불안을 야기하기도 하지만 그런 건 타인에게는 있는 줄로만 알았다. 나는 온통 그녀에 대한 사랑에, 나의 여신, 나의 아프로디테에 몰두되어 있었다. 사회 부조리, 기부, 봉사 심지어 죽음에 대한 나의 생각도 나의 뇌에서 잠시 사라진 상태였다. 사랑이라는 마약을 투약한 약쟁이처럼. 일찍이 나도 연애라는 것을 해 보았지만 이 정도의 핵폭탄 효과를 느껴 본 적이 없었다. 그녀 없이 내가 존재할 수 있을 것인지 오직 나는 그대와 함께여야 한다는 생각뿐이었다. 나의 모든 행동들은 그녀의 마음에 들기 위해 행동하게 되었다. 나만의 생각일지도 모르지만…….

3

그녀는 나를 만나기 전에는 스트레스와 무기력증에 시달렸다고 한다. 고혈압에, 어깨에 돌덩이가 들어 있다고 생각이 들 정도로 뭉쳐서 운동을 한 내가 잡아도 뭉친 어깨는 꿈적도 안 할 정도였다. 이 조그맣고 연약한 그녀가 감당하기에는 너무나 힘든 상태였다. 그녀가 슬픔에 잠겨 무기력하게 된 직접적인 계기는 나와 만나기 석 달 전 어머니의 췌장암 말기 선고를 받고부터다. 아버지를 일찍 여위고 어머니와 남자 형제들과 함께 지낸 그녀는 어머니와의 관계가 남달랐다. 아직까지 남아 있던 남존여비 사상이 그녀에게도 영향을 미쳤지만, 그녀의 어머니에 대한 사랑은 가슴의 응어리보다도 더 애틋하고 시렸다. 그런 어머니가 갑자기 시한부 선고를 받고는 그녀의 외로움은 허리케인보다 더 빠르게 더 강하게 다가왔다. 나와 만남을 지속하면서도 항상 밝은 모습을 보여 주려고 애쓰는 모습이 안쓰럽기까지 했다. 늦은 밤, 나의 전화에 울어서 목이 잠겨 있을 때가 한두 번이 아니었다.

봄이 되면 제주도 여행을 떠나자던 우리의 약속도 날짜가 다가올수록 기쁨과 두려움이 동시에 그녀를 엄습했다.

“자기야, 제주도 여행 너무 기다려지고 설렌다.” 그녀는 제주도 여행을 위해 모든 예약을 마친 후부터 거의 매일 이렇게 말했다. 하지만 속마음은 병원에 계시는 어머니를 생각하며 “엄마는 괜찮으시겠지?” 셀 수도 없이 되뇌었을 것이다. 나는 느꼈다. 그녀와의 대화 속에서 온통 어머니 걱정뿐이라는 것을. 또 한편으로는 나는 그녀가 몸이나 상하지 않을까 걱정이었다. 나의 내면 깊숙한 곳의 또 다른 생각은 나의 죽음에 대한 고찰을 말해 주고 싶었지만, 그녀에게는 위로는커녕 상처가 될 것 같아 한

마디도 꺼낼 용기가 생기지 않는다.

3월 중순 우리의 첫 여행인 제주도 여행이 이루어졌다. 기온은 따뜻했지만 바람이 많이 불었고, 날씨는 3박 4일 중에 이틀은 비가 내렸다. 하지만 사진도 많이 찍고, 맛있는 음식도 많이 먹고, 호텔 루프탑 야외 수영장에서 수영도 즐겼다. 신혼여행을 온 기분이었다. 그녀의 어머니께서 건강하셨으면 더욱 좋았을 텐데…… 우리는 어머니께서 연결해 주신 인연이라고 위로하며 즐거운 첫 여행을 보냈다.

4월 20일, 음력 3월 5일, 금요일. 그녀의 어머니께서 영면하셨다. 그날이 난 생생하게 기억난다. 금요일 오전 그녀는 문자로 나에게 어머니의 타계 소식을 전했다. 내가 그녀의 문자를 보고 즉시 전화를 걸었을 때는 의외로 목소리가 덤덤했다. 내가 직접 보지 않았어도 나에게 전화하기 전 몸 안의 눈물은 다 쏟았을 것이 분명했다. 나는 회사에는 연차를 내고 곧장 짐을 챙겨 경주로 향했다.

그녀의 집에서 세 정거장쯤 되는 거리에 장례식장이 있었다. 검은 상복을 입고 화장기 없는 나의 아프로디테. 나는 빠른 걸음으로 달려가 그녀를 안아 주었고, 내 영혼을 담아 그녀의 이마에 나의 입술을 대었다. 사랑과 연민이 뒤섞였고, 이 어둡고 혼탁한 세상에서 그녀를 보호하는 데 내 인생을 바치리라 또 한 번 마음먹었다.

"난 괜찮아요! 먼 길 오느라 힘들었죠?" 힘없고 낮은 목소리로 내 걱정을 했다.

화장기 없고, 검은 상복을 입었는데도 어찌 그렇게 예뻐 보이던지 이런 와중에도 그런 생각을 하는 나 자신이 다소 부끄럽게 느껴질 정도였다.

내가 장례식장에 들어가니 벌써 많은 조문객들이 있었다. 나 또한 곧바로 어머니께 조문을 하고 식사를 마쳤다.

"잠시 인사드릴 분들이 있어요." 그녀가 나에게 말했다.

그녀의 친척으로 보이는 어르신이 앉은 자리로 나를 데리고 갔다. 그녀의 이모님들과 외삼촌, 그녀의 외가 어르신들이었다. 그녀가 그분들에게 나를 소개했다.

"안녕하세요, 처음 뵙겠습니다. 이창호라고 합니다."

"쟤가 남자를 소개한 건 처음이네." 하고 그녀의 외삼촌께서 말씀하셨다.

장례식장에서 마치 상견례를 하는 기분이었다. 이분들뿐 아니라 많은 지인들에게도 나를 인사시켰다.

"경주에서 제일 예쁜 사람을 차지하시다니!"

"경주 남자들에게 얼마나 인기가 많은데……."

온통 그녀의 미모에 대한 칭찬과 나를 부러워하는 말들이었다. 나는 내심 기분이 좋았다. 착하고 예쁜 나의 여자. 그런 여자가 공식적으로 내 여자라고 인정을 받는 느낌이었다.

이렇게 그녀 옆에서 삼일장을 마치고 22일 발인을 맞았다. 이제 정말 어머니를 보내 주어야 한다. 나는 아직 아버지, 어머니가 모두 살아 계시기에 그녀의 심정을 다 이해하지는 못해도 그 슬픔이 클 것이라는 것을 짐작한다.

그녀의 상복은 우리를 어둡게 하기는커녕 오히려 나의 입장에서는 밝은 형광등 같았다. 우리의 사이도 더 가까워진 것 같고, 그녀의 지인들에게 공식적으로 인정받았다는 기쁨 때문이리라. 이번에는 그녀의 생각은 어떤지 알고 싶지 않다.

그녀의 어머니께서 돌아가신 후 한동안 아니 좀 오랫동안 슬픔에 빠져 있는 그녀가 안쓰러워 보였지만 한편으로는 그 슬픔, 우울함이 주변 사람에게도 전이될까 봐 걱정이었다. "이제 그만 우울해해요."라고 그녀에게 말했다가 크게 싸운 적도 있었다. 그 외에는 우리의 관계는 지속됐다.

4

경주 백률사 굴불사지 사면석불 아래 농구공만 한 돌이 있다. 소원을 빌고 그 돌을 들었을 때 들리면 소원을 들어주는 것이고, 들리지 않으면 소원을 들어주지 않는다고 했다. 나는 소원을 빌고 그 돌을 들어 보았다. 가볍지는 않았지만 들렸다. 나는 소원을 빌지 않았다. '저 여자를 만났으니 소원 없어요.' 속으로 생각하고 그 돌을 들었을 뿐이다.

진지충 아니 진지 요정인 그녀, 정이 많고 눈물 많은 그녀, 김 대리가 나에게 관심을 가지고 있다는 말에도 닭똥 같은 눈물을 흘리는 순진한 나의 아프로디테.

"스틱스강에 맹세합니다. 당신은 나의 마지막 사랑이라는 것을……."

다만 나는 이렇게 나만의 맹세를 했다. 설령 우리 사랑이 해피엔딩이 아니더라도 말이다.

우리는 크리스마스와 한 해의 마지막을 같이 보냈다. 또 일 주년 기념 반지도 나눠 끼었다. 일주년 기념 반지가 이별 반지가 될 줄은 모르고…….

사랑에 빠졌다고 늘 행복한 것은 아님을 깨달았다. 그 사랑의 강도가 세면 셀수록 그러한 생각이 잘못되었구나를 깨닫게 된다. 그 깨달음은 그리 오래가지 않는다. 사랑에 빠져 카타르시스가 혹은 엔도르핀이 극도에 다다르고 그것이 내리막을 탈 때부터 느낀다. 이 사랑이 멀어지면 어쩌나? 이 여자가 날 덜 사랑하면 어쩌나? 내가 이런 행동을 해서 실망하면 어쩌나? 이런 어쩌나, 어쩌나로 온통 내 사랑의 감정이 변화되고 불안감에 빠진다. 그 불안감이 현실이 되었을 때는 보고는 싶은데 그녀 앞에 있는 것이 겁이 났다. 보통 여자들이 남자에게 하는 투정? 그 투정을 내가 하고 있었다. 사랑은 구걸하는 것이 아니라는데 구걸도 해 보았다. 하지만…… 사랑은 가슴만으로 하는 것이 아니다. 눈으로도 보였다. 사랑이 식었다는 것이…….

첫 번째, 내 농담에 웃어 주지 않았고,

두 번째, 내 흰옷을 더 이상 가져오라는 소리가 없었으며,

세 번째, 나에게 주는 게 조금씩 아깝게 느끼는구나 하는 걸 느끼게 만들었고,

네 번째, 더 이상 나와 키스 아니 뽀뽀도 하지 않으려고 했고,

다섯 번째, 다른 사람과 만날 때 나를 타인이 어떻게 생각할까 의식을 많이 했으며,

여섯 번째, 내 호의가 내 생색의 목적이라고 여겼으며,

일곱 번째, 그전에는 아무렇지도 않았던 나의 약점(발의 습진, 코골이)에 짜증이 심해졌으며,

여덟 번째, 나의 말실수에 지적을 많이 했고, 말실수뿐 아니라 본인의 눈에 거슬리는 행위에 지적을 많이 했으며,

아홉 번째, 사랑한다는 표현을 하면 오히려 남발한다고 했다.

.

.

.

눈물이 많고, 정이 많은 줄 알았던 그녀가 이렇게 차갑게 변할 줄은 꿈에도 몰랐다. 시간이 지날수록 그녀는 인기 있는 여배우들의 성격과 비슷한 성격으로 보였다. 자존심이 강하고 타인들을 조금 아래로 보는 경향이 있었으며 반대로 남들이 자신을 조금이라도 그렇게 대하면 몹시 괴로워했다. 본인도 약간은 인정하는 소위 요즘 말하는 내로남불(내가 하면 로맨스, 남이 하면 불륜) 하는 성격의 소유자였다. 그녀를 험담하기는 극도로 싫지만 객관적인 사실이다. 100% 아니 10000% 이상 나의 모자람이 컸다. 인정한다. 사랑하는 마음만 컸다. 호랑이가 자기가 좋아하는 고기만 소에게 준 것과 같은 사랑을 했다.

5

우리가 못 본 지 석 달이 되어 간다. 아직 헤어진 게 아니라는 마음에 괴로움은 덜했지만 서운하다. 그동안 서운한 게 많았지만, 우리 관계가 끝날까 봐 말 못 하고, 힘든 것도 참고 쌓아 두니 그녀도 나도 관계가 시나브로 무너지고 있었다. 사랑한다고 많이 표현해도 난 부족했는데, 내가 가장 사랑하는 그녀와 함께 있어도 애정 결핍에 시달렸고, 나는 그녀를 짝사랑했다는 느낌, 아니 외사랑이구나 하는 느낌을 받았다. 너무 사랑하는 데도 나는 늘상 우리가 헤어질 것 같다는 상상을 하고, 나도 그녀에게 매일 사랑한다는 말을 듣고, 넘쳐 나는 사랑을 받아서 귀찮아 봤으면 좋겠다는 생각을 했다. 그럴수록 공허함은 채워지지 않았지만…….

이제는 도저히 그녀가 보고 싶어 못 참겠다. 계절은 벌써 벚꽃도 다 떨어지고 봄의 한가운데에 있지만 나에게 4월은 따뜻하지 않다. 금요일 저녁 경주행 기차에 몸을 실었다. 나를 반겨 줄까? 아니면 반대일까? 그녀에게 '나 당신을 보기 위해 내려가고 있어요. 보고 싶어요.' 문자를 남겼다. 하지만 몇 시간이 지나도록 나의 문자를 읽지 않는다. 그전까지는 내가 내려가면 반겨 줄 거라는 생각이 더 지배적이었는데 그 비율은 점점 줄어들고 역전이 되어 가고 있어 불안했다. 신경주역에 도착해 다시 문자를 보냈다. '집 앞 커피숍에 있을게요.' 이제는 바로 읽었지만 답장도 없고 두 시간이나 지나도 그녀는 내 눈에 보이질 않는다. 이제 커피숍의 영업 시간도 끝나가는 10시가 다 되어 가고 있다. 어쩔 수 없이 나는 그녀의 아파트로 갔다. 1층에서 그녀의 아파트를 올려다보니 누군가 베란다에서 내려다보고 있었다. 그녀였다. 하지만 곧장 몸을 감춘다. 그녀의 집 앞에서 초인종을 눌렀다. 몇 번이나 눌러도 대답이 없다. 분명 안에 있는 걸 봤는데 말이다. 10분 넘도록 밖에서 초인종을 눌렀지만, 인기척도 내지 않았다. 도어록 비밀번호도 알고 있지만 이제 생각해 보니 이 도어록 비밀번호도 분명 바꾸었을 거라는 생각이 들었다. 아니나 다를까. 도어록 비밀번호를 눌러도 문은 열리지 않았다. 그제야 안에서 그녀가 현관문 쪽으로 걸어오고 있구나 하는 인기척이 들렸다. 문은 열리지 않고 그녀의 목소리만 들렸다. "그냥 가세요. 안 그러면 경찰 부르겠어요." 그 말에 하늘이 무너질 듯하고 다리에 힘이 풀려 현관문 앞에 주저앉아 버렸다. 주저앉아서 문을 계속해서 두드리자 그제야 문이 열리는 소리가 들렸다.

"왜 이러세요, 정말. 인제 와서 어쩌자는 건데요?" 그녀가 화를 내며 말했다.

"나가요. 늦게까지 하는 커피숍이 있을 거예요. 이제 내 집에 들이기 싫어요."라고 말하며 앞장섰다. 우리는 그녀의 차를 타고 커피숍을 찾아다녔다. 10분쯤 한산한 도로를 달렸을 때 불이 환하게 켜진 커피숍을 찾아 들어갔다. 우리는 잠시 아무 말 없이 앉아 있었다. 몇 분이 흘렀을까?

그녀는 책망조로 나에게 말했다.

"당신은 너무 부정적이에요. 매사에 내가 무슨 말만 하면, 당신은 더하잖아?"라는 말을 달고 살아요. 난 내가 존경할 수 있는 남자를 만나고 싶어요. 우린 너무 안 맞아요. 당신과 보내는 시간 이후에는 내 몸은 녹초가 되어 버려요." 나는 이 말에 우리의 행복한 나날이 과거가 되고 이 시간 이후에는 행복하지 못하리라는 것을 단번에 알 수 있었다.

나는 내 손을 한 번만 더 잡아 주면 안 되냐는 말 이외는 다른 어떤 말도 하지 않았다. 눈을 쳐다보며 말하는 나의 습관도 지금 이 순간은 예외였다. 도저히 그녀의 눈을 쳐다볼 수 없어서 고개 숙여 발끝만 바라보고 있었다. 눈빛이 내가 사랑하는 나의 여신의 눈빛이 아니었다. 중학교 때 나를 커닝범으로 몰아세웠던 담임 선생님의 눈빛과 비슷했다. 최근 그녀의 눈빛과 우리가 사랑에 빠지기 시작한 초창기 때 그녀의 눈빛과는 확연히 달랐다. 차라리 그 두 눈이 다른 사람이었다면 이토록 아프지는 않았으리라. 우리는 길지도 않은 대화를 나누고 목적지 없이 차에 올라탔다. 이제 운전을 하면서도 한 손을 꼭 잡았던 때와 다르다. 이제 나는 우리의 행복한 보금자리였던 그녀의 집에도 가지 못한다. 시간이 늦어 차편도 끊겼다. 주책맞게 도로에는 가로등만 있을 뿐, 움직이는 차들도 거의 없었다.

똑같은 봄이지만 작년의 봄기운과 지금의 봄기운은 분명히 달랐고, 나무들도 어디서 죽어 가는 나무를 옮겨다 놓은 듯 다르게 보였다. 도롯가의 나무들은 잎이 다 벗겨져 있었고, 어둠이 내린 거리는 공포감까지 밀려왔다. 하지만 나는 이 거리를 다시는 그녀와 거닐 수 없고 바라볼 수 없다는 생각에 가슴이 너무 아팠다. 이제 꽉 막혀 있던 내 눈물샘도 폭발하기 직전이다. 본의 아니게 많은 시간, 원치 않는 드라이브를 하는 동안 일 년간의 추억들이 다 떠올랐다. 산업도로, 국립경주박물관, 경주빵집, 첨성대, 보문단지, 대왕릉, 경주오릉, 컨벤션센터, 경주역 등을 달리자 마침내 눈가에 눈물이 흘러내리더니 통곡을 하듯 울음이 솟구쳤다. 멈추려 해도 멈춰지지 않았다. 내가 이렇게 크게 울어 본 적이 있던가? 어릴 적 아버지한테 몽둥이로 맞을 때도 맞다 맞다 죽을 것 같아서 도망칠

지언정 이렇게 대성통곡한 적은 없었다. 그녀의 두 눈에도 눈물이 가득 어려 있다는 걸 느낄 수 있었지만, 그녀는 눈물을 삼키고 있었다.

"그만 울어요." 울보였던 그녀가 나에게 말했다.

자정이 훌쩍 넘어 나는 그녀의 집에도, 서울의 나의 보금자리에도 가지 못했다. 완전히 외톨이가 된 기분이었다. 나를 고속버스터미널에 내려 주고 떠났던 그녀는 잠시 후 다시 나에게로 다시 돌아와 터미널 근처 모텔을 잡아 주고 내일 오전에 다시 오겠다는 말을 남기도 떠났다.

경주의 모텔. "내가 경주에 와서 홀로 모텔에 있다니……." 단 1분도 잠을 이룰 수 없었다. 전날 점심 이후 먹은 것도 없었지만 배고프지도 않았다.

이렇게 시간이 지나 다음 날 오전 10시 50분 전화가 걸려 왔다.

"나오세요." 너무나 차갑다.

미역국 전문집으로 차는 향했다.

"당신이 좋아하는 미역국 먹고 가요. 나는 빨리 먹고 가 봐야 해요. 약속이 있어요."

"먹고 싶지 않은데…… 난." 나는 기운 없는 목소리로 말했다.

"당신 생각만 해요? 난 아침도 안 먹고 점심도 못 먹으면 어떻게 일하라고." 짜증 섞인 말투로 나의 말에 대답했다.

'잔인하네요. 단 한숨도 못 자고 슬픔에 취했던 이런 와중에 음식이 넘어가나요? 당신 같으면 아무리 진수성찬이 눈앞에 있더라도 그게 음식이겠나요?' 혼자 생각했다.

나는 하는 수 없이 식당으로 들어가 늘 먹던 메뉴를 시켰지만 정말 모래알을 씹어도 이처럼 못 넘길까 싶을 정도로 목에서 위로 넘어가질 않았다. 그녀를 위해 먹긴 먹었지만 속이 너무 불편했다. 이렇게 식사를 마치고 그녀의 차는 나를 태우고 신경주역으로 향했다.

침묵까지도 즐거웠던 시간이 있었는데 기차역으로 가는 차 안에서의 우리의 침묵은 너무나 힘들고 괴로웠다. 내 가슴은 비탄과 고통으로 이지러지고 있었다.

그렇게 우리의 마지막 만남이 끝나고 서울로 올라오는 기차 안에서 어젯밤에 흘린 눈물만큼 또 눈물이 흘러내렸다. 사람들이 쳐다본다는 생각도 하지 못한 채 창밖만 바라보고 눈물을 흘려보냈다. 지난날의 당신 모습을 이제 더 이상 찾아볼 길이 없었기에 절망적으로 울음이 나오는 듯하다. 이렇게 빗나가 버린 모든 일이 너무나 화나는 것이지만, 모든 것이 내 탓임을 나는 안다. 이제 와서 탓해 본들 부질없는 일이라는 것도.

6

집 앞에서 냐옹이의 인사도 건너뛰고 좀비처럼 집으로 들어갔다. 집에 도착과 동시에 점심으로 억지로 먹었던 내가 가장 좋아했던 미역국이 나의 위장으로부터 역류해 모든 걸 토해 냈다. 아무것도 할 수 없었다. 정신과 육체가 이탈하듯 쓰러졌다.

"잘 지켜 주라고 일렀더니. 가여운 아이인데." 70대로 보이는 곱게 나이 드신 할머니께서 윽박질렀다. 슬픈 눈으로 나를 쳐다보기도 했다. 낯은 익었지만 누구인지 기억이 나지 않았다. 나는 나도 모르게 "죄송해요." 대답한 후에서 그분이 누구신지 알았다. 3일 동안 영정사진 속 그녀의 어머니셨다. 나는 그녀의 어머니가 입원해 있을 때 인사를 드리려고 했으나 당신의 모습이 너무 초라해서 다 낫거든 보자고 하셨다. 그녀의 어머니께 면목 없이 꿈에서 인사를 드렸다. 내 몸은 샤워하고 몸을 닦지 않은 것처럼 젖어 있었고 침대도 너무 축축해져 있다. 꿈을 꾼 것이다. 또 그녀 생각만 난다.

나는 몇 날 며칠을 회사에서, 공부방에서, 완준과 경호와의 만남에서도 무기력했다. 도저히 믿기지가 않았다. 휴대폰에 그녀의 모습을 자꾸 들여다보는 게 습관이 되었다. 휴대폰에 저장해 둔 그녀의 사진을 보면 시나브로 사랑이 빠져나가는 모습이 보였다.

나는 누군가에게 기대라는 것을 해 본 적이 없었던 것 같다. 쪽방촌 공부방 학생들에게 등록금을 내주고 독거노인들에게 쌀이며 옷, 용돈을 드려도 무언가 기대를 하고 베푼 것이 아니었다. 내가 그들보다 좀 더 가졌다는 이유 하나였다. 또 나는 물질로 생각하지 않고 내가 받은 혜택인 재능을 나눠 주는 것이라 생각하고 살아가고 있었다. 하지만 그녀를 만나고는 나도 모르게 기대하는 심리가 생겼다. 인간관계에서 기대는 오히려 파괴를 유발한다는 것을 일찍부터 알고 있는 터라 나는 어느 누구한테도 반대급부로 뭘 바라지 않는다. 심지어 나와 사귀었던 여성들에게도 그랬다. 마흔이 넘도록 연애도 못 한 쑥맥은 아니다. 많이 해 보지는 않았지만 3명의 여자와 2~3년은 사귀었다. 그녀들과의 연애는 모두들 하니까 하는 연애였다. 몇 개월의 설렘, 떨림이 있고 나서 섹스, 그리고 내가 자기 것인 것마냥 내 삶에 끼어들려는 그녀들. 내가 혜택받은 능력을 나눠 주는 행위가 못마땅한지 모두 다 알아서 날 떠나 버렸다. 하지만 그녀는 마치 각기 다른 물방울이 서로 가까이 가면 붙어서 좀 더 커진 물방울이 되듯이 생각도 나와 하나가 된 듯했다. 나의 재능, 물질, 생각, 마음, 몸 모두를 주고도 미안한 맘이 들 정도였다. 나의 모든 것을 다 주고, 나는 단 하나의 사랑을 받고 싶었다. 그 기대 하나가 너무 컸던 것일까? 나는 이만큼 해 줬는데 왜 나에 대한 사랑은 점점 더 줄어들지 하는 생각이 날 괴롭혔고, 나 스스로를 파괴하고 있었다. 내가 그 사랑을 거부당하지 않을까 두려움에 나 스스로 나락으로 빠지게 만드는 것이었다.

"그녀는 나를 단 한 번도 진정으로 사랑한 적이 없어. 다만 나는 당시 타이밍이 맞아 누구나 할 수 있는 외로움을 달랠 수 있는 대상이지, 그 한 사람이 아니면 안 되는 그리움의 대상이 아니었던 거야." 하며 내 마음을 위로하지만 그러한 생각이 날 더욱 아프게 했고, 초라하게 만들었다.

"나는 당신에게 존경받을 자신이 없어요. 존경을 받기 위해서는 가면 쓰고 평생을 살아야 합니다. 내 신념이나 창조적인 생각, 나의 습관, 나의 도덕적 관념도 다 거짓으로 행동해야 합니다. 나를 사랑하는 사람들에게는 나의 단점, 흉도 보여 주며 내 영혼까지도 지적받으며 혼나면서 살아가고 싶어요. 하지만 나의 잔잔한 허물들, 즉 나무에 노랗게 죽어 가는 잎보다는 곧게 뻗은 나무줄기처럼 살아가는 모습을 보고 배울 점이 많구나, 느끼게 살아가렵니다. 내 장례식장에서는 나의 유가족에겐 나를 존경했다고 하는 이가 꼭 있을 거라 생각하며 행동하고 살아가렵니다." 이렇게 장문의 문자를 보내도 그녀는 나의 문자를 읽지 않았다.

그녀의 경멸과 무관심. 이제 내가 이겨 내야 하는 것이지, 맞부딪쳐 싸울 수는 없는 것이다. 가시가 너무 깊게 박혀 있어 빼내려고 할수록 나를 더 아프게 한다. 놓아 주자!

나는 그녀에 대한 사랑을 과거에만 놓고 현재로 소환하지 않고 있었다. 사랑도 흐르고 유기체처럼 변한다는 것을 몰랐다. 그녀와의 과거를 그리워하고 현재를 받아들이지 못하는 나의 잘못이었다. 과거의 사랑은 과거로서 놓아 주고 현재의 그녀를 사랑해야 했었다.

과거의 그녀는 없다. 코맹맹이 소리로 수줍은 미소를 띠던 그녀는 과거에 남겨두고 왔다.

남녀 간의 사랑은 덧셈이 아니라 곱셈이다. 하나 더하기 하나는 둘이 아니라 하나 곱하기 하나는 하나, 이것이 사랑이다. 둘이라고 생각할 때 서로 이해하지 못하고 자기의 입장만 생각하고 다투는 것이다. 사랑이 덧셈이라 생각하는 사람은 고작 길어 봐야 몇 달 되지 않는 남녀 간의 설렘, 떨림이 사라졌을 때 사랑이 식었다고 하는 사람은 덧셈의 반대인 하나 빼기 하나가 무가 되지만, 사랑은 곱셈이라고 생각하는 사람은 여전히 하나 나누기 하나는 하나인 것이다. 진정한 사랑은 떨림, 설렘이 끝나야 시작되는 것이다. 사랑은 보석을 발견해서 느끼는 감정이 아니라 원석에서 보석으로 만들어 가는 과정에서 오는 것이다. 나도 이런 사랑의 원리를 아프로디테를 잃고서 큰 아픔을 통해 얻은 진리였다.

나의 40년 생애 추억보다 그녀와의 하루가 더 소중했고, 기억에 남고 그리웠다. 나는 어릴 때인 20대로 돌아가고 싶냐고 누군가가 물어보면 "싫은데?"라고 대답하겠지만 그녀와의 첫 만남으로 돌아가라고 하면 백 번이고 가고 싶다 할 것이다.

그녀와의 인연은 그토록 지중(至重)하니까.

얼마 후 그녀로부터 큰 박스의 소포가 왔다. '제발, 제발 아니길…….' 아닌 게 아니었다. 내가 생각했던 그 물건들이다. 그녀의 집에서 그녀와 같이했던 나의 물건들, 특히 옷과 신발 등이 모두 들어 있었다. 나는 다 꺼내 보지도 않고 장롱 한구석에 넣어 두었다. 나는 이 집에서 저것들을 입을 수 없을 것 같아서다. 또 버릴 자신도 없다.

이렇게 가슴앓이는 가을이 되어도 사라지지 않았다. 그녀와의 헤어짐 이후 한 달에 한 번씩은 꼭 경주를 내려가서 그녀와 데이트하던 곳을 복귀하듯 다녔다. 그녀가 앉았을 것 같은 벤치에도 앉아 보고, 그녀가 들러서 차를 마셨을 것 같은 카페에도 들러서 혼자 사진도 찍고 책도 읽고 돌아오곤 했다. 특히 우리 둘 다 좋아했던 삼릉 소나무숲에서는 그녀의 이름을 수없이 불렀다. 그녀의 집 앞에서 그녀의 집 초인종을 눌러 볼까도, 내가 다녀갔노라고 표식을 남길까도 생각했지만 그럴수록 더욱 쓸쓸한 슬픔만 남았다.

주말에는 혹시나 나의 오피스텔에 와서 초인종을 누르지나 않을까? 자기야, 하며 문자나 보내지 않을까? 기대도 해 보지만…… 초인종을 눌러도 문자가 와도 놀라지 않을 자신이 있는데…….

"굳이 애쓰지 말자. 자연스럽게 보고 싶은 맘을 감추지 말자. 괴로워하지 말자. 그리워도 일상으로 돌아가자. 다시 공부방 아이들과 웃으며 공부하고 책 읽고, 회사에 복귀해 업무에 충실하고, 나를 따르는 후배들도 챙기자. 그동안 소홀했던 나의 친구 완준이와 경호와도 즐겁게 토론하고 얘기하며 지내자. 그녀에 대한 나의 마음을 팔아서 불우한 사람에게 나눠 주자." 나에게 훈계하듯 수없이 반복했다.

나는 이제 새해가 되면 나이를 한 살 더 먹는구나 하는 생각 말고도 또 다른 생각, 아니 추억거리가 생겼다. 그녀와 맞은 새해. 그 새해는 내가 자연으로 돌아갈 때까지는 잊지 못할 추억이 된 것이다. 우리가 만난 1월 1일, 우리가 마지막 본 날 1월 1일은 이제 평생 이날만은 금식을 할 것이다. 그날만은 하루 종일 그녀를 그리워하고 싶다. 그녀의 곁에는 이제 내 자리가 없다는 것도 안다. 하지만 프리지어를 좋아하는 그녀. 프리지어의 전설처럼 이루지 못한 사랑이었지만 나는 그녀에게 무슨 일이 생기면 어디든 갈 것이다. 목숨을 던져야 하는 곳이어도 갈 것이다. 나의 목숨을 그녀에게 바쳐도 가치 있다는 것을 우리가 헤어졌어도 나는 알고 있다.

4. 탐욕, 자연으로

재산이 늘면 행복할 것이라는 착각,

욕망이 늘어나는 것이지

행복이 늘어나는 것이 아니다

불행은 늘어나는 탐욕과

욕망에서 오는 것이다

1

“아, 시발 새끼.” 진아(업소에서는 거의 가명을 쓴다)가 눈물을 흘리고 욕을 하며 대기실 문을 박차고 들어오며 말했다.

“왜? 무슨 일인데?” 완준이가 놀란 눈으로 진아에게 물었다.

“최 형사(최도근) 새끼가 일수 하루 밀렸다고 때리잖아요.” 하고 진아가 대답했다.

“그러게 왜 그 비싼 일수를 쓰냐? 그리고 최 형사 하루 이틀 겪어 봐?” 완준이가 티슈를 건네며 말했다.

“안 쓰려고 했죠. 사고 싶은 게 있어서…….” 진아가 말끝을 흐린다.

“넌 마이킹 3천 받아간 지 6개월밖에 안 됐는데 그 돈은 다 어디다 썼는데?”라고 완준이가 물었다.

“그거야 집 보증금 내고 이거 하고 저거 하고 하다 보니 다 썼죠.” 진아는 언제 울었냐는 듯 이제 변명을 늘어놓고 있다.

"마이킹은 꼭 써야 하니? 완준이, 넌 마이킹을 왜 주는데?" 내가 두 사람 사이에 끼어들었다.

"무이자로 빌려주는 건데 안 쓰는 사람이 바보죠."

"요즘 마이킹 안 주는 곳에서는 일하려 하지 않아. 너도 알 때 됐잖아?" 진아의 말이 끝나자마자 완준이가 나에게 말했다.

"알긴 알지. 그래도 아직도 이해가 안 돼서 말이야." 나는 고개를 갸우뚱거리며 말했다.

"그런데 말이야. 최 형사는 아직도 사람을 때리니?" 나는 주제를 바꾸며 말했다.

"때리기만 하면 다행이죠. 어떤 사람은 신체포기각서를 쓰고 갚지 못해 신장도 팔게 했다고 하더라고요." 진아가 격한 어조로 말했다.

"또 너무 가혹하게 몰아붙여서 자살한 사람이 한둘이 아니래." 완준이 거들었다.

"그렇게 나쁜 사람을 왜 가게에 들락날락거리게 하니 넌?" 나는 완준이에게 물었다.

"나도 우리 가게 오는 게 싫어. 그런데 아가씨들이 일수 쓰는 애들이 많고, 전직 형사라 경찰 쪽에 발이 넓어서 나도 을의 입장이야." 완준이가 대답했다.

최 형사는 1999년 형사직에서 해임당한 후 청량리 588 성매매 업소도 암암리에 관리하며 카드깡, 월 30%가 넘는 고리대금을 받는 사채업뿐 아니라, 업주가 돈을 못 갚으면 업소를 빼앗아 바지사장을 앉혀 간접적으로 포주 역할을 했고, 성매매 여성이 돈을 못 갚으면 시골이나 섬에 팔아넘기기까지 했다. 심지어 돈을 갚지 않고 도망치는 사람은 끝까지 좇아가 잡아 와서 개 목줄을 매서 몇 날 며칠을 집창촌 주변을 끌고 다녔다. 마치 소설이나 영화에나 나올 법한 짓들을 자행했다. 청량리를 관할하는 조직폭력배도 혀를 내두를 정도였다고 한다. 2004년 성매매 방지 특별법 이후에는 포주에게 빼앗았던 점포에 대한 권리를 행사해 큰돈을 벌기도 했다. 그래서 집창촌 옆에 건물 지하에서 거주했고 그 건물도 최 형사 건물이라는 소문도 있다. 그 이후 최 형사는 북창동, 무교동으로 사업장을 옮겨 카드깡, 일수놀이를 이어 가고 있다.

나도 완준이 가게를 자주 들르다 보니 앞면을 텄고, 심지어는 알라딘에서 완준이와 함께 술도 여러 번 먹게 됐다. 완준이 때문에 싫은 내색하지 않고 최 형사의 심기를 건드리는 행동이나 말은 하지 않았다. 주로 최 형사의 말을 들어주는 편이었다.

"진아! 쌍년아 이리 안 나와." 육두문자를 내뱉으며 대기실 최 형사가 대기실 문을 박차고 들어왔다.

"네년이 아직 덜 맞아서 정신 못 차리지?" 최 형사가 화를 삭이지 못하고 진아를 향해 고함을 질렀다.

"창호도 와 있었구나?" 최 형사가 나를 보더니 고분고분한 말투로 변했다. 그제야 끼고 있던 가죽 장갑을 벗으며 나를 쳐다본다. 10년은 족히 착용한 듯한 무광택의 가죽장갑. 최 형사의 마스코트와도 같은 가죽장갑이다.

“최 형사님 무슨 일인데 그렇게 화가 나셨어요?” 나는 인사 대신 최 형사에게 물었다.

“아니, 진아 저년이 연대보증선 경아라는 년이 도망갔지 뭐야.” 최 형사가 말했다.

“내 피 같은 돈 천만 원이나 쓰고 도망갔으니 저년이 갚아야 되지 않겠어? 아니면 찾아오든지.” 하고 말을 이어 갔다.

이렇게 여기 다니는 업소 아가씨들 대부분이 빚에 허덕이고 있었다. 월평균 7~8백만 원씩 벌어도 씀씀이가 너무 커 빚을 지지 않을 수가 없다. 이 바닥에서 돈을 벌어 손을 씻는 아가씨는 10%도 되지 않는다. 명품 옷에 매일 미용실을 다니고 출퇴근도 모범택시로 하는 통에 쓸데없는 돈이 너무 많이 나간다. 또한 가게가 강북에 있는데도 강남 오피스텔에 거주하는 아가씨들이 대부분이다. 월세만 120~200만 원이다. 이러니 천만 원을 번들 남는 돈이 있겠는가. 최 형사는 이런 아가씨들이 봉인 셈이다.

2

금요일 오후 최 형사가 자신의 사무실이자 주거지인 청량리 소재의 10층 건물 지하로 날 불렀다. 금요일이면 으레 퇴근 후 알라딘에 있을 거란 걸 최 형사는 알고 있었다. 거긴 왠지 음산하고 담배 연기와 습기와 곰팡내로 숨이 꽉꽉 막히는 곳이다. 마치 도박장 하우스 같기도 하고 5공화국 때 쓰던 고문장 같기도 한 어쨌든 장소도 그 집 주인과 비슷하단 느낌이 들었다. 최 형사는 나보다 8살 많은 쉰의 나이로 아직까지 혼자 산다. 아니 결혼을 한번 실패했다는 소리도 있고, 아이가 하나 있다는 소리도 있고, 여기저기 들리는 말은 많지만 나에게는 그다지 궁금하지는 않은 그의 사생활일 뿐이다. 한 번도 물어본 적도 없다. 다만 그는 10년 전 뇌물 사건 이전까지는 강력반 최고의 엘리트였다는 것은 팩트인 것 같다. 술만 먹으면 예비역들의 군대 얘기보다 더 많이 하는 얘기가 "내가 강력반 있을 때 말이야……."로 시작하는 말이었다. 종종 알라딘(룸살롱)에서 그 당시 동료 경찰들과 술을 마실 때 나누던 무용담과 일치하기에 팩트라고 인정해 주는 것이다. 그 이외에는 본인 얘기하는 것을 극도로 싫어했다. 하지만 나에게는 나의 의사와 상관없이 개인 얘기도 즐겨 했다. 그의 주위에는 나와 전혀 다른 인간들만 달라붙어 있어 도움도 안 될 뿐 아니라 믿음도 가지 않는다고 한다. 최 형사는 어릴 때 유도를 해 대학까지 유도학과를 나와 특채로 경찰이 된 케이스로 자신에 대한 프라이드가 대단했다. 나 또한 어릴 때 태권도와 유도를 한 터라 나만 보면 입이 쉴 새가 없다.

"너는 왜 운동을 그만뒀니? 초등학교 때부터 운동했다는 녀석이 어떻게 그 좋은 대학을 나왔어?" 등등 한 번에 서너 가지를 묻는 것이 보통이었다.

"아 네, 뭐 그냥……." 이렇게 얼버무릴 때마다,

"자세히 좀 말해 봐. 넌 어딘가 숨기는 게 많은 녀석 같아." 최 형사는 이렇게 말했다. 사실 깜짝 놀랐다. 내 의도를 들킨 것 같아서…… '당신을 죽일 거예요!'라고 이실직고할 뻔했다.

"숨기는 거 없어요. 최 형사님한테 숨길 게 뭐가 있어요?" 나는 말했다.

"너 자꾸 형사님, 형사님 하는데 그 소리 좀 하지 마. 그냥 형이라고 불러." 최 형사가 신경질적으로 말했다. 내가 왜 당신을 형이라고 불러야 하지? 그리고 난 형을 죽이지 않아, 하고 속으로 대꾸했다.

"사실은 중학교 때까지 태권도 특기생이었습니다. 초등학교 2학년 때부터 태권도를 시작했고, 구 대표로 대회도 참가했습니다. 그래서 특기생으로 집과 좀 떨어진 태권도부가 있는 중학교로 들어간 거죠."라고 이야기를 시작했다.

"그런데 왜 그만뒀어." 최 형사가 되물었다.

"그냥 힘들기도 하고 공부도 하고 싶어서요."

사실 특기생으로 중학교를 입학했지만 성적이 60(중학교 3년 동안 60명은 항상 넘었다)명 중에 항상 5등 안에는 들었기에 담임 선생님은 이상하게 생각했다. 커닝을 하는지 알고 1학년 첫 월말고사를 치르고 성적이 나오자 나를 교무실로 불러 심문까지 하며 사실대로 얘기하라고 닦달하셨다. 내가 커닝하지 않았다고 하자 거짓말까지 한다며 당구 큐대(당구 큐대는 얇은 부분과 두꺼운 부분을 연결시켜 하나의 큐대가 되는데 당시 두꺼운 부분을 들고 다니며 학생들을 훈육하는 경우가 많았다)로 위협까지 했었다.

"일단 알았고 다음부터는 커닝하는 거 들키면 운동부고 뭐고 넌 그냥 안 둘 거야."라고 담임 선생님이 겁박한 후 수업 종이 울리자 선생님은 당구 큐대와 출석부와 수학교과서(당시 담임은 수학 선생님이셨다)를 들고 급히 다음 수업할 교실로 가셨다. 나는 어이없다는 생각에 담임 선생님 책상 앞에서 한동안 서 있었다. 공부를 잘해도 믿어 주지 않네. 그럼 1등을 하면 커닝했다는 소린 듣지 않겠지? 하는 생각이 "너는 교실에 안 가니?" 하는 소리와 함께 멍하니 서 있는 날 일깨웠다. 그 후로 4교시만 수업하는 운동부지만 4교시만큼은 집중했다. 운동은 운동대로 공부는 공부대로 열심히 했다. 이제 5월 월말고사 때만 기다려졌다. 자존심이 상해서인지 어느 때보다 열심히 했다. 드디어 5월 월말고사를 마치니 이제 성적표 나오는 날이 기다려졌다. 내 성적표를 본 담임 선생님의 표정이 궁금했다.

또다시 담임 선생님께서 날 교무실로 호출하셨다.

"너 도대체 뭐 하는 놈이야?" 담임 선생님께서 말씀하셨다.

"예?" 나는 왜 그러시는지 알고 있었으나 이렇게 모르는 체하며 반문했다.

"이창호, 너 정말 네가 시험 친 것 맞아? 어떻게 운동부 특기생이 2등을 할 수가 있지?" 고개를 갸우뚱거리며 선생님께서 또다시 물었다.

"네 제가 친 것 맞는데요." 속으로는 환호성을 지르며 작은 목소리로 말했다.

"너 과외하니?"

"안 하는데요. 과외할 시간도, 돈도 없어요."

"그래? 참 신기한 녀석일세. 담임 생활 20년 동안 운동부가 2등 하는 놈은 처음 본다." 믿기 어렵다는 듯 선생님께서 말씀하셨다. 옆에 계시던 다른 선생님들도 다들 나를 쳐다보았다. 이렇게 운동과 공부로 중학교 1년은 지나갔고, 2학년 때 잠시 방황의 시절을 보냈다. 그때는 15등까지 성적이 떨어진 적도 있었다. 하지만 어느 누구 하나 왜 성적이 떨어졌니? 무슨 일 있니? 하고 물어봐 주는 사람이 없었다. 심지어 부모님까지도.

3학년이 되자 운동이냐, 공부냐 갈등이 생겼다. 3학년 담임은 내가 1학년 때 날 부정행위범으로 오해했던 그 수학 선생님이 다시 맡으셨다.

"이창호, 너 아직 공부도 잘하니?" 담임 선생님과 재회 후 나에게 묻는 첫마디였다.

"요즘은 커닝하기 귀찮아서 성적이 안 좋아요." 나는 농담을 건넸다.

"이 녀석이." "너, 방과 후에 교무실로 와 봐."라고 말씀하시고 당구 큐대를 흔들며 가셨다.

방과 후 나는 교무실로 향했다. 담임 선생님은 1학년 때의 자리가 아닌 좀 더 좋은 창가 쪽에 위치해 있었다. 멀리서 나를 보시더니 당구 큐대를 흔들면서 여기로 오라는 신호를 보내셨다.

"너 성적이 롤러코스터구나?"

"예?"

"성적이 들쑥날쑥 춤을 춘다고 이 녀석아."

"아, 네." 뒤통수를 긁적이며 나는 대답했다.

"내가 볼 땐 넌 운동보다는 공부하는 게 나을 것 같다."라고 선생님이 말씀하시자 난 내 머리와 내 심장이 요동을 치기 시작했다. 이제 날 인정해 주시는 건가? 하는 마음에 무언가 모를 희열이 감돌았다. 그 후로 운동은 그만두고 공부만 전념했다. 하지만 운동과 공부를 같이할 때와 공부만 할 때와 성적은 비슷했다. 이상한 현상이었다. 이렇게 운동은 그만두고 인문계 고등학교에 입학해 평범한 모범생 같은(1학년 때는 중학교에서 같은 고등학교에 진학한 친구가 없어 적응을 못 해 싸움질은 했지만) 학창 시절을 보내고 서울 신촌에 있는 대학에 입학해 유학 생활이 시작됐다. 철학을 전공하고 싶었지만, 당시 시험 성적이 좋아 철학과보다 높은 사학과에 들어가 철학, 역사, 종교학에 매료되었다.

최 형사는 나에게 무언가 할 얘기가 있는 듯한데 꺼내지 않고 있다. 알라딘이나 다른 곳에서의 행동과는 다른 초등학생이 선생님 앞에서 버벅대는 행동을 보였다.

"저에게 할 말 있어서 부르신 거 아니에요?" 최 형사에게 물었다.

"아~ 아니야, 그냥 너랑 친해지고 싶어서." 최 형사는 똥 마려운 강아지마냥 사무실을 왔다 갔다 하며 말했다.

"술 한잔할래?"

"아니에요. 전 술을 못 해요." 나는 잘 못 마신다고 하지 않고 아예 못 마신다고 말해 버렸다. 잘 못 마신다고 하면 한 잔만 하라고 할 것이 분명하기 때문이다.

"나는 이상하게 너를 보면 주눅이 든다. 겁이 난다고 할까?" 최 형사가 글라스에 소주를 따르며 말했다.

"왜 그럴까요?" 나는 일부러 성의 없는 말투로 대답했다.

"그건 그렇고 네가 알라딘 아가씨들과 친하지? 혹시 경아년 어디 있는지 모르냐?" 최 형사가 화제를 바꾸었다.

"제가 어찌 알겠어요?"

"그년들은 너한테는 옷 벗고 달려들 것 같아서 말이야! 하하하." 최 형사가 음흉하게 말하며 웃었다.

"그럴 일도 없구요. 저는 아가씨들 전화번호도 몰라요. 알라딘 안에서만 오빠, 오빠 할 뿐이에요." 나는 퉁명스럽게 말하며 자리에서 일어나려 의자를 뒤로 뺐다.

"벌써 가려고?"

"별로 할 이야기가 없으신 것 같아서요."

"가만히 좀 있어 봐. 저녁 안 먹었으면 맛있는 거 시켜 줄 테니 먹고 가." 최 형사가 담배를 꺼내서 왼쪽 엄지손가락 손톱에 두드리면 말했다.

"아니에요. 완준이와 저녁 먹기로 했어요." 완준이와 약속도 없었지만 그냥 둘러대며 말했다.

"그래 알았다. 가 봐. 돈 필요하면 얘기하고. 하하하." 최 형사는 약간 서운해하는 눈치지만 본인의 마음을 숨기려는 것이 말투에 그대로 드러나 보였다.

나는 다시 의자를 빼고 일어섰다. 퀴퀴한 냄새로 마치 담배 한 갑을 한꺼번에 피운 것처럼 목이 아팠고, 정말 여기서는 몇 명이 죽어 나가도 알 수 없을 것 같은 장소라는 생각이 들어서 현기증까지 났다. 하지만 싫든 좋든 나는 여기를 몇 번 더 와야 된다는 걸 알기에 익숙해지자 생각하며 철문을 닫고 나왔다.

3

12월 24일. 최 형사의 마지막 날이다. 크리스마스에도 악인이 태어난다고 했던가? 나는 크리스마스에 악인을 없앨 것이다.

일주일 전 최 형사에게 전화를 걸었다.

"최 형사님, 24일 뭐 하세요?" 나는 분명 최 형사가 크리스마스이브에는 아무것도 할 것이 없다는 걸 미리 들어서 알고 있었지만 모르는 듯이 스케줄을 물었다.

"시발, 그런 날을 왜 만들어서 날 심란하게 만드는지…… 할 거 없어. 혼자 술이나 마셔야지. 왜?" 신경질적인 말투로 전화를 받았다.

그나마 내가 전화를 걸었기에 저 정도로 언어 순화를 한 것임을 나는 알고 있다.

"저도 할 거 없어서 최 형사님이랑 이런저런 얘기나 하려고 그러죠." 나는 아무렇지 않은 듯 말했다.

"어쩐 일이야 네가? 수상한데? 네가 돈이 필요해서 부탁하러 올 놈도 아니고." 정말 의심스러워서 하는 말 같지는 않았다. 내심 기분이 좋은 듯한 말투였다.

"그래, 그럼 24일에 보자." 이렇게 최 형사와 미리 약속을 잡았다.

드디어 24일. 나는 최 형사 사무실 겸 주거지인 청량리로 향하면서도 전혀 떨리지 않았다. 첫 번째 거사임에도 마음이 편했다. 혹시 내가 사이코패스인가? 의심이 들 정도였다.

오후 7시 최 형사 사무실에 도착했다. 나와의 약속 때문인지 언제나 닫혀 있던 철문이 열려 있었다.

"최 형사님." 나는 최 형사를 불렀다.

"문 닫아라." 최 형사는 보이지 않고 목소리만 들렸다. 사무실 옆 또 다른 철문 안에서 들리는 소리였다. 여러 번 저곳이 뭐 하는 곳인지 궁금했지만 물어보지 않았다.

"앉아." 최 형사가 비밀의 방에서 나오며 말했다.

"네." 나는 평소와는 다르다는 느낌을 받으며 짧게 대답했다.

사무실 소파 옆 테이블에는 족발, 치킨, 회 등등 최 형사가 전화로 주문할 수 있는 모든 음식은 다 깔려 있었다. 매번 자장면 아니면 짬뽕만 시켜 먹던 최 형사의 모습이 아니었다.

"이게 다 뭐예요?" 나는 놀란 눈으로 물었다.

"뭐긴 뭐야? 음식이지. 먹기나 해." 약간 들뜬 어조로 최 형사는 대답했다. 말투에는 나 이런 놈이야 하고 으스대는 것처럼.

"누가 더 오기로 했나요?" 누가 더 오면 계획에 차질이 생기는데…… 라고 생각하며 다시 물었다.

"뭐가 그리 궁금해? 네가 오늘 같은 날 나를 찾아온다고 해서 기뻐서 큰돈 썼다."라고 최 형사가 말했다.

나한테 이렇게 잘해 봐야 소용없어요. 진작에 다른 사람들에게도 베푸시며 살지 그랬어요. 속으로 최 형사에게 훈계하며 그래도 오늘 계획에는 차질이 없을 거란 다짐까지 보탰다.

최 형사는 소주를 맥주 컵에 가득 채운 후 원샷을 하며 말했다.

"오늘 너무 기분 좋다. 크리스마스이브에 누군가와 함께 음식을 먹는다는 게 이런 기분이구나." 하고 전혀 예상 못 했던 최 형사의 고백 같은 말이었다.

"왜 이러세요? 제가 부끄럽게." 정말 진심으로 부끄러운 맘이었다. 최 형사가 악마가 되기 전 이런 모습이었나 하는 생각을 했다.

거의 2시간을 먹고 마시며 이야기를 나누었다. 최 형사는 소주를 혼자서 거의 3병을 마셨지만 나는 술은커녕 음식도 먹는 둥 마는 둥 했다. 음식은 거의 다 남아 있었다. 최 형사는 여전히 기분 좋은 듯 입이 쉬지를 않았다.

"나 화장실 좀 다녀올 테니 족발도 먹고 회도 좀 먹고 해. 왜 그렇게 안 먹냐 넌."이라고 말하며 취기가 오르는지 비틀거리며 화장실로 갔다. 그 사이 나는 최 형사가 숨겨 둔 권총을 꺼냈다. 유일하게 나에게만 말해 주었던 그 권총. 최 형사 책상 맨 아래 서랍. 번호 자물쇠로 걸어 두었지만 미리 그 비밀번호를 알아 두었기에 쉽게 꺼낼 수 있었다. 그리고 책상 위에 놓인 최 형사의 가죽장갑을 챙기는 것도 잊지 않았다.

"난 저 돈으로 뭘 해야 할지 모르겠다." 뜬금없는 말이었다.

최 형사는 저 비밀창고에 현금과 금괴, 미술품 등이 50억가량 들어 있다고 말했다. 나는 깜짝 놀랐다. 그 정도 많을 줄은 상상하지 못했다.

다람쥐가 도토리나 잣, 밤 같은 먹이를 땅속 혹은 나뭇잎 아래 숨겨 놓고 잊어버리는 것처럼 최 형사도 본능적으로 돈을 끌어모은 후 잊어버린 것처럼 저 많은 돈을 어디에 쓸지 누구를 위해 쓸지 얼마나 더 모을지는 자기 계획에는 전혀 없었다. 최 형사는 돈 자체가 마누라고 자식이며 권력이고, 자존심이었다.

"저 방에 들어가 볼래?" 최 형사가 비밀의 방을 턱으로 가리키며 말했다.

"아니요, 관심 없어요." 나는 궁금했지만 태연한 척 말했다.

"넌 그럴 줄 알았다. 내가 그래서 널 좋아한단 말이야."라고 말하며 최 형사는 비밀의 방 쪽으로 걸어갔다.

"삑삑 삑삑삑 띠리리." 도어록 비밀번호를 누르고 최 형사가 비밀의 방에 들어가자 나를 불렀다.

"야! 들어와 봐."

나는 비밀의 방에 들어서자마자 입이 쩍 벌어졌다. 밖의 고문실 같은 분위기와는 전혀 달랐다. 아방궁에 버금가는 분위기였다. 침대며 소파, 가구, 조명 등 인테리어가 마치 호텔 스위트룸에 들어온 듯했다. 고급스러운 유화에 동양화 그리고 도자기, 바닥에는 호랑이를 몇 마리는 잡아서 붙여 놓은 듯한 호피 양탄자까지 영화에서 나오는 재벌 회장의 방 같기도 했다. 한쪽 벽면에는 대형 사진이 걸려 있다. 가족사진이었다. 최 형사와 어여쁜 여인과 돌쯤 되어 보이는 아기. 20년쯤 전의 모습 같았다. 사진 속의 최 형사는 너무나 순진한 훈남의 모습이었다. 사진에 대해 묻고 싶었지만 묻지 않았다. 또 한 벽면에는 장롱만 한 금고가 자리 잡고 있었다. 금고에 문을 열자 5만 원권과 만 원권으로 금고가 가득 채워져 있었고, 맨 아래 칸에는 금괴가 반짝거리고 있었다.

최 형사는 눈을 감은 채 최고급 이태리 클래식 스타일의 천연 소파에 비스듬히 누운 자세로 비발디 사계 중 겨울 1악장을 듣고 있다. 바이올린의 경쾌한 듯 음울한 느낌으로 내가 가장 좋아하는 음악 중 하나다. 마치 미스터리 영화의 살인 장면 배경음악과 아주 잘 어울린다. 만물이 얼어붙어 있는 추운 겨울. 따뜻한 옷을 입고 팥빙수를 와작와작 깨물어 먹는 듯한 기분이 든다. 이 음악만 반복해서 흘러나오고 있었다.

음악을 듣는 건지 눈을 감고 졸고 있는 건지 알 수 없었다. 나는 최 형사의 가죽장갑을 조심스럽게 끼고 권총을 꺼냈다.

"행복하세요?" 나는 총을 최 형사 관자놀이에 대고 말했다.

최 형사는 자신의 머리에 총을 들이대고 있다는 것을 알았지만 두려워하는 기색이 없었다.

"전혀." 최 형사가 나직하게 대답했다.

"탕!" 도심에서의 총소리였지만 밀실과 같은 지하실이고, 크리스마스이브의 밤이라 조용한 밤은 아닌지라 총소리를 들은 사람은 없었다. 설령 그 소리를 들었더라도 그 소리가 총소리라고 생각할 사람도 없었을 것이다.

이렇게 최 형사의 죽음을 확인하고 최 형사의 손에 화약이 묻은 가죽장갑을 끼운 후 총의 방아쇠에 오른손 검지를 넣은 후 자연스럽게 총 손잡이를 쥐게 한 다음 팔을 떨어뜨렸다. 가죽장갑을 끼웠기에 검지에 총이 걸려 있었다.

죽은 최 형사의 표정은 내가 지금까지 봐온 최 형사의 모습 중에 가장 온화하고 행복해 보이는 모습이었다. 아니, 내가 저지른 일이 옳다고 생각돼서 그렇게 보일 수도 있지만 말이다.

"나는 크리스마스 선물로 당신에게 너무나 큰 선물을 준 것 같네요. 저 많은 돈을 불우한 이웃에게 전달해서 당신의 죄를 조금이라도 씻을 기회를 줬으니 말이에요." 이렇게 독백을 했다. 비밀의 방에 전기난로를 켜 놓고 도어록을 닫은 후 지하사무실을 빠져나왔다.

지하실을 벗어난 청량리 거리는 캐럴송과 즐거운 시간을 보내며 거리를 활보하는 사람으로 가득했다. 크리스마스이브가 지나고 크리스마스인 25일 0시 10분을 지나고 있었다. 이 시간에는 택시도 잡히지 않는다는 걸 알기에 걸어서 집으로 가기로 했다. 5㎞쯤 떨어진 거리라 1시간이면 충분했다. 오피스텔 앞에 도착하자 냐옹이가 날 기다리고 있었다. 나는 냐옹이를 보면 냐옹이를 거두지 못해 언제나 미안한 마음이었다. 하지만 오늘은 달랐다. 냐옹이가 나를 그런 눈으로 바라보며 "야옹야옹." 조용히 나에게 말을 건넸다. 눈가에 눈물도 고여 있는 것처럼 보였다. 냐옹이는 나를 따라 엘리베이터 앞까지 왔다. 나와의 첫 만남 이후 한 번도 오피스텔 내부로 따라온 적이 없던 냐옹이가 오늘은 마치 냐옹이로 변신한 여신 아테나처럼 나를 에스코트하며 위로해 주고 있었다. 엘리베이터 문이 닫히는 순간까지 나를 바라보는 여신 아테나.

4

집에 도착하자마자 침대로 쓰러졌다. 자정이 넘어 어떻게 집에 들어왔는지도 내 의식에는 존재하지 않았다. 온몸에 기운이 빠지면서 옷도 입은 채로 침대에 누워 기절하다시피 영혼까지 빠지는 느낌을 받고 의식을 잃었다.

나는 어두운 공원을 걷고 있다. 멀리 사람들이 보이지만 다른 세상인 것 같다. 지나가는 사람들 쪽만 환한 빛이 내리쬐고 있을 뿐, 내가 있는 곳은 어둠 속이었다. 내가 그들로 향해 걸어가 보지만 거리가 좁혀지지 않는다. 계속 공원 같은 이상한 장소를 걷자 이제 이곳이 어디인지 알 것 같았다. 사자와 호랑이가 보였다. 내 발길은 사자와 호랑이 쪽으로 향한다. 돌리려 해도 내 의지와 내 자아는 별개로 몸이 행동하고 있는 게 아닌가. 내가 다가가자 그 맹수들은 나를 힐끗 쳐다만 볼 뿐 관심이 없다. 그냥 동물원에 갇힌 동물일 뿐이었다. 동물의 왕들이 그보다 약한 동물인 인간을 잡아먹으려 들지도 않는다. 그 야수 앞으로 가는 나 자신만 잔뜩 겁을 집어먹고 잠에서 깨어났다. 이렇게 나는 악몽 아닌 악몽을 꾼 뒤 잠에서 깨어났다. 침대가 물벼락을 덮어쓴 것처럼 젖어 있었다. 그때 자명종이 울렸다. 6시 반이었다. 그런데 하루를 넘긴 6시 반이었다. 꼬박 서른 시간을 잠들어 있었다. 아니 잠을 잤다기보다 무의식의 세계에 빠졌다가 맞는 표현 같다. 서른 시간의 영혼 상실의 시간을 보낸 뒤 나는 최 형사를 내가 죽인 것도 내 기억에서 지운 듯하다. 마치 부분기억상실과 같았고, 또는 영화 속 잔인한 장면, 공포스러운 장면을 일부러 보지 않으려고 눈과 귀를 막은 것과 유사했다.

그렇게 며칠이 지나도 최 형사에 대한 아무런 소식이 없었다. 벌써 새해도 넘겨 2일 새해 첫 출근을 하려던 아침에 완준이의 전화가 걸려 왔다. 완준이는 지금 시간이 한밤중일 텐데 이제야 최 형사의 죽음을 알았구나 하는 생각이 뇌리를 스쳤다.

"야 인마, 너 왜 그렇게 전화를 안 받아?" 전화기를 귀에 닿기도 전에 완준이의 다급한 목소리가 들렸다. 내가 자는 동안에도 3통의 부재중 전화가 와 있었다. 완준이는 새벽에 최 형사의 죽음을 알고 지금까지 잠을 자지 못한 것이다.

"최 형사가 자살했어." 완준이가 수화기 너머 고무된 목소리로 얘기했다.

"왜?" 나는 덤덤하게 물었다.

"나도 모르지. 총으로 자살했대." 다시 완준이가 나의 질문에 대답했다.

"그런데 자살인지, 타살인지 어떻게 알아?" 나는 다시 물었다.

"최 형사 사무실, 비밀의 방에 돈도 그대로 있었고, 총흔도 그렇고. 심지어 유서까지 나왔다니까 자살이지."라고 완준이가 말했다. 이렇게 완준이와의 통화를 마치고 난 잠시 체면에서 깨어나는 느낌을 받았다.

"유서라고? 유서?" 혼잣말을 계속 되뇌었다. 나는 유서를 본 적도 없고, 내가 조작하지도 않았다. 머리가 복잡해졌다. 나는 오후에 알라딘으로 갔다.

알라딘에 도착하니 완준이가 기다렸다는 듯, "왔냐?"라고 말했다.

"어! 최 형사는 어디에 있는데?"라고 내가 물었다.

"부검도 필요 없고, 가족도 없어서 대학병원 영안실에 있다고 하던데." 완준이가 대답했다.

"자살이라니 이해가 안 가는데? 그렇게 사람들을 괴롭혀서 모아 둔 돈을 두고 스스로 죽는다고?" 나는 능청맞게 대화를 이어 갔다.

"그러게 말이야. 최 형사가 비밀의 방에 경찰 추산 50억이 넘는 돈과 금괴, 미술작품이 있었다더군." 완준이도 믿기 어렵다는 투로 말했다.

"그런데 완준아 유서 말이야?" 내가 말끝을 흐리자,

"지갑에 있었다던데. 날짜는 없었고 이름은 최도식이라고 적혀 있었데. 필적도 확인했는데 최 형사 필체로 확인돼서 자살로 사건 종결한다더라고."

최 형사는 언제든 스스로 목숨을 끊으려는 준비를 하고 있었단 말인가? 그런데 왜 사람들의 가슴에 상처를 주며 살았을까? 머리가 복잡해졌고, 다소 연민까지 느껴졌다. 사건이 발생하고 무려 8~9일이나 지난 후에 발견되었다는 것도 최 형사가 그동안 어떻게 살았는지를 단적으로 보여 주는 증거였다. '돈의 노예가 되어 사람의 인심을 다 잃었구나.'라는 생각이 들었다.

나와 완준이는 다음 날 장례식장을 찾았다. 강력반 시절 최 형사 마누라였던 김 형사가 상주를 하고 있었다. 최 형사의 시신도 김 형사가 발견했다고 한다. 전화를 항상 끼고 자는 사람인데 며칠 동안 계속 전화를 받지 않아 이상해서 가 보았다고 한다. 예상대로 장례식장은 한산했다. 화환도 완준이가 보낸 게 전부였다. 노숙자가 죽었어도 이보다는 나았으리라. 영정 사진도 최 형사의 괴팍한 인상이 고스란히 담긴 사진으로 누가 골랐는지 잘도 골라서 얹어 놓았다. 내가 본 마지막의 최 형사의 모습이 떠올랐다. 마지막 모습은 최 형사 최고의 온화한 표정이었는데……

다음 날 경찰서로 오라는 통보를 받고 짧은 조사를 받고 나왔다. 완준이뿐만 아니라 최 형사와 최근 통화를 한 사람 위주로 소환해 약식 조사를 받았다. 나의 알리바이를 물었다. 내부적으로는 자살로 사건을 종결하였지만 형식적인 조사였다.

"네, 24일 오후 7시에 최 형사 사무실에 갔어요. 그런데 문이 잠겨 있었고 전혀 인기척도 없어서 돌아왔어요."라고 말했다.

최 형사가 자살한 시간은 부패가 심해 정확한 날짜는 알 수 없었지만 20~22일쯤으로 추정하고 있었다. 내가 난로를 켜 놓고 나왔기에 겨울이라도 부패 진행 속도가 빨랐고, 총구 방향, 그리고 최 형사가 착용한 가죽장갑에 묻은 화약, 없어진 것이 전혀 없었기에 강도나 원한에 의한 살인은 아니란 결론이었다. 초동수사가 어설펐지만 정황상 결론은 그랬다.

"그럼 도망간 경아의 차용증이나 지금까지 일수 쓴 사람 빚은 어떻게 되는 거예요?" 완준이와 최 형사의 장례식장에 갔다가 알라딘에 도착하니 진아가 우리의 꽁무니를 따라와 물었다. 최 형사의 죽음으로 최 형사에게 돈을 빌린 사람들이 갖는 궁금증일 것이다. 진아의 물음은 눈치 없어 보이지만 현실적이었다. 최 형사가 어떻게 죽었는지? 누가 그랬는지? 언제 그랬는지? 진아는 전혀 궁금하지 않았다. 최 형사를 죽여 버리고 싶다는 말을 밥 먹듯이 했던 진아였기에.

"가족이 있으면 빚을 갚아야겠지만 지금으로서는 갚고 싶어도 못 갚을 것 같네." 완준이가 말했다.

"경아나 돈 빌린 사람들은 좋겠네. 이럴 줄 알았으면 나도 좀 빌려 쓸

걸." 진아가 또 분위기 파악 못 하는 말을 했지만 솔직한 본인의 생각을 표현했다.

"진아야, 너는 참 철딱서니 없는 소리만 하는구나." 완준이가 핀잔을 주었다.

"사실인 걸요, 뭐. 저렇게 자살할 걸 왜 그리도 사람들을 괴롭혔는지 이해가 안 돼요." 진아가 고개를 갸웃거리며 말했다.

"내가 봤을 때는 최 형사의 돈에 대한 집착은 자신에게 맞지 않는 옷을 입고 있다고 생각돼서일 거야. 돈만 많으면 행복할 줄 알았지만, 오히려 돈에 지배당해 돈에 끌려다니며 오히려 인간답지 않다고 느낀 거지." 완준이가 내가 하고 싶은 말을 대신했다.

"집착과 소유에 대한 깨달음일 수도 있지. 법정 스님의 무소유가 생각나는군. 무소유란 소유하지 않는 것을 말하는 것이 아니라, 나에게 불필요한 것을 갖지 않는 게 무소유라고 하셨거든. 돈은 쌓여 가지만 사람들은 다들 최 형사를 싫어하고 피해 다녔으니까. 내면은 채우고 외면은 비우라고 하셨던 법정 스님의 말씀 반대로 살았다는 걸 깨달았을 수도 있지."

"우리 사장님 강의 또 시작하시네요. 호호." 진아가 완준의 말에 밉지 않게 말했다.

나는 완준의 말에 반은 공감하고 반은 그렇지 않다는 생각을 했다. 최 형사의 죽음 직전 나에게 보여 준 크리스마스이브 때 행동은 사람에 대한 그리움이었고, 물질에 대한 허무함도 보였다. 마지막 나의 질문인 '행복하세요?'라는 말에도 '전혀'라는 짧은 답변에서도 알 수 있었다. 하지만 최 형사가 죽지 않았더라도 돈에 대한 집착이 사라지리라는 것에는 부정적이다. 죽을지언정 돈을 포기할 수 없었던 최 형사였다.

5. 종교, 자연으로

무한한 사랑을 베풀지 못하는 인간이

무한한 사랑을 베풀고자

갈구하는 것이 종교다

1

"오늘은 이상한 집회 때문에 길이 너무 막혔어요." 태희가 알라딘에 들어서며 말했다.

5시가 출근 시간인데 6시가 다 되어 들어온 것이다.

마포 및 홍익대학교 일대에 무지개 깃발로 물들었다. 동성애 축제인 서울퀴어문화축제(2000년 이래로 서울에서 매년 6월에서 9월 사이 여름에 열리는 성소수자 축제로 아시아에서 가장 큰 축제 중의 하나다)가 열렸다. 몇천 명의 동성애자들이 무지개 깃발을 들고 자유로운 복장과 문신 등 개인의 개성을 나타내며 광화문까지 거리 행진을 이어 갔다.

"토요일은 매주 집회가 열리는 거 모르니? 전철 타고 오면 되잖아? 굳이 막히는데 비싼 모범택시 타고 와야겠냐?" 완준이가 눈을 흘기며 말했다.

"왜 저런 걸 하는 거죠? 동성애가 무슨 자랑이라고?" 태희가 이상하다는 듯 물었다.

"동성애자들을 이상하게 보면 안 돼. 우리와 똑같은 사람이야. 저들도 저러고 싶어서 그러는 것도 아니고 단지 호르몬이 우리와 다를 뿐이야." 라고 완준이가 대답했다.

그렇다. 완준이와 나는 생각하는 것이 비슷했다. 내가 유럽 여러 나라를 다니면서 느낀 점 중의 하나가 동성애자들에 대한 편견이 거의 없다는 것이다. 독일과 영국 등 선진국에서는 길거리에서도 남과 남, 여와 여 커플들이 자연스럽게 키스하는 모습이 자주 보인다. 나도 처음에는 신기하듯 쳐다보았지만, 이제는 그런 모습이 이상하지 않게 느껴진다. 서로 다를 뿐이지 틀린 게 아니니까.

"그래, 김 사장 말이 맞아. 태희야." 나도 완준이 말을 거들었다.

대기실에 있는 아가씨들이 또 내가 무슨 재미있는 이야기를 할지 궁금해 화장을 하던 도중에도 모든 시선이 나에게로 집중해 있다.

"기원전 유럽에서는 동성애가 만연했고, 그것에 대해 색다르게 보지 않았어. 어린 제자와 스승과의 동성애가 자연스러웠고, 교육적 동성애 관계라고 해서 당연시 여기기까지 했지. 이런 교육적 동성애를 넘어 나이 많은 남자가 미소년, 지금 말하면 꽃미남을 품고 자는 것이 자랑거리였어. 너희들이 알고 있는 플라토닉 러브의 유래도 플라톤이 40세 이상 많은 스승인 소크라테스를 좋아하고 존경했지만 누구나 의심하듯 육체

관계는 하지 않고 정신적인 교감을 나눴다는 데서 플라토닉 러브의 유래이며, 오늘날 말하는 남녀 간의 육체적인 사랑이 아닌 정신적인 사랑의 의미로 바뀐 거야." 내가 고대 동성애에 대해 설명하자 대기실의 아가씨들은 턱을 괴고 눈을 동그랗게 뜨며 호기심의 눈빛으로 더 얘기해 주세요, 하는 표정으로 나를 바라보았다.

"우리가 지금 생각하면 어떻게 저럴 수가 있어? 의문을 갖겠지만 그 시대와 현재는 문화 자체가 달랐고, 지금처럼 호르몬의 영향으로 성 정체성의 문제가 아닌 동성애가 일종의 문화였어. 너희들 여자들이 들으면 기분 나쁠지 모르지만 또 남성의 몸은 신성하고 완벽한 몸이고, 여성의 몸은 남자의 기력을 뺏어 간다고 여겼으며, 천한 몸으로 생각했지. 여자와 동침하면 육체를 낳지만 남자와 동침하면 마음의 생명을 낳는다고 플라톤의 『향연』이라는 책에 기록되어 있지." 나는 말을 이어 갔다.

"그리고 너희들이 잘 아는 레오나르도 다빈치도 동성연애자였어. 살라이라는 제자와 사랑에 빠져 그를 그림으로 그렸고, 모나리자의 모델이 실제 여성이 아닌 살라이를 그렸다는 설도 있단다." 그림에 애호가 깊은 완준이도 이야기를 이어 갔다.

"인간들은 관습 속에 빠져 자연스러움을 잊고 있어. 우리가 다른 사람들이 사랑이라는 것에 대해 말하는 걸 듣지 않았거나 사랑의 표현을 서로 하지 않는다고 생각하면 결코 인간도 사랑하지 않고도 살 수 있어. 그런데 우리의 관습은 모든 것이 다른 성에만 사랑하도록 관습화되었고 도덕규범이라고 여기고 있단 말이야. 이성애만 가르치고 동성애는 가르치지 않거든. 하지만 자연은 그렇지 않아. 흔히 TV에서 동물 관련 프로그램을 봐도 다른 종끼리의 사랑, 수컷과 수컷 간의 맹목적인 사랑도 심심찮게 나오지. 그 동물들에게는 도덕적 규범인 관습이 없어. 그 자체가 자연인 거지. 인간도 자연의 일부분인데 꼭 자연 위에 서서 자연을 군림하려고 한단 말이야." 나의 생각에 대해 말했다.

"성매매와 더불어 동성애는 인류의 역사와 같이해 온 순진하며 자생적인 본능으로 봐야 하는 거지. 인류가 존속하는 한 없어지지 않을 거야, 이 두 가지는."

"그렇다고 성매매가 옳다, 동성애가 옳다고 하는 말은 아니야. 이해보다는 인정을 해 주자는 거야. 성도착증자와 절대적으로 다르거든. 성도착증자는 정신병의 일종이고 자꾸 동성애자들을 그들과 동일시하니까 눈살이 찌푸려지는 거야." 나와 완준이가 번갈아 말을 이어 갔다.

"그럴 수도 있겠네요." 아가씨들이 재미있다는 듯 나와 완준이를 쳐다보며 대답했다.

"창호 오빠랑 사장님은 모르는 게 없어요? 말도 너무 재미있게 하고. 창호 오빠나 사장님이 고딩 때 샘이었으면 대학도 갔겠구먼. 호호호." 진아가 웃으며 말했다.

"TV 좀 켜 봐. 갑자기 호기심이 생기네." 태희가 TV 앞에 있는 진아에게 얘기했다.

TV에 퀴어문화축제와 반대편인 동성애를 반대하는 집회가 동시에 방영되고 있었다. 그때 H 목사가 단상에 올라 동성애 반대 연설을 하고 있었다. 그의 행적을 알고 있는 나는 역겨움까지 밀려왔다. 목사의 그로테스크한 몸짓과 말에 살인의 충동까지 일었다.

"헐, 저 사람이 목사예요?" 진아 옆에 있는 초요가 깜짝 놀란 표정을 지으며 물었다. 초요는 조선왕조실록에 16번이나 언급된, 허리가 개미처럼 가는 초나라 미인이라는 뜻의 이름을 가진 기생이다. 황진이와 급이 다른 기생이라고 전해지고 있으며, 세종의 아들 중 평원대군과 화이군이 초요갱에 빠져 헤어나지 못했다는 기록이 있다. 허리가 19인치라는 초요에게 초요갱이 연상되어 내가 지어 준 업소 이름이다. 초요도 자신의 이름에 흡족해한다.

"사장님, 저 사람 H 사장 아니에요?" 초요가 다시 물었다.

"어, 맞네! H 사장. 저 사람이 목사였어? 저 진상 또라이 새끼가?" 딴청을 피우던 완준이가 초요의 말에 놀라 TV를 보며 말했다.

"저 사람 초요 지명 손님인데, 어찌나 진상인지 말도 못 해. 요즘은 초요 한 명으로 성에 안 차는지 오른쪽에 초요, 왼쪽에는 그때그때 기분에 따라 아가씨를 앉혀서 술 마셔. 꼭 혼자 몰래 와서." 완준이가 H 목사에 대해 거품 문 듯 얘기했다.

"저 목사, 요즘 비리들이 속속들이 드러나고 있어. 경호도 열심히 취재 중이고 나도 경호에게 들어서 알고 있는 거 이외에 많은 걸 알고 있어."

"그런데 저 목사가 어떻게 진상인데?" 내가 초요와 완준이를 교대로 눈을 맞추며 물었다.

"저 인간, 알라딘에 주로 오다가 지니 오픈한 뒤로는 지니에 일주일에 한 번꼴로 오는데요. 사장님 말한 대로 그전에는 나만 부르더니 요즘은 아가씨 한 명을 더 불러서 놀아요. 양주 두 병은 기본으로 먹는 말술이에요. 1시간 반 정도를 질펀하게 놀다가 전투(북창동식 비즈니스클럽에는 룸 시간이 종료될 즈음에 노래를 3곡 정도 켜 놓고 오럴섹스와 손으로 해 주는 핸드 플레이로 사정을 시켜 준다. 이 행위를 은어로 전투라고 한다)하는데 사정을 못 시키면 술잔 집어 던지고 때리고 난리도 아니에요." 초요가 상기된 표정으로 열변했다.

"그렇게 진상 짓을 하다가 30분 후에 뒷문으로 조용히 나가지." 완준이가 설명을 거들었다.

"어떤 날은, 귀는 굳은살로 덕지덕지 붙어 있는 듯하고 코는 마치 타이슨 코처럼 눌려 코뼈가 볼살과 평행선을 이룬 듯한, 한 덩치의 검은 양복을 입은 남자를 불러서 술 몇 잔 먹이고 노래를 시키고 5만 원권 두세 장을 쥐여 보내고 해요. 생김새는 험상궂지만 노래는 가수 뺨치겠더라고요." 초요가 상세하게 말을 이어 갔다.

"유도나 권투를 한 보디가드겠군."

"어, 맞아. 보디가드. 무섭게 생겼어. 창호, 너도 유도를 했으니 그런 친구들을 보면 잘 알겠구나." 완준이가 나의 말에 대꾸를 해 주었다.

"그 보디가드는 항상 붙어 다니나?" 나는 궁금증이 발동해 다시 물었다.

"그런 것 같지 않아요. 술만 고플 때는 보드가드가 기다리는 것 같고, 여자가 고플 때는 그냥 보내는 것 같아요. 대부분 그냥 보내는 편이죠." 초요가 나의 질문에 대답했다.

완준이가 옆에서 맥주로 목을 축이는 척하면서 나의 눈치를 보고 있다. "창호야, 너 무슨 꿍꿍이니?" 하고 눈으로 말하듯이…….

2

H 목사는 20대 후반에 작은 교회를 세워 전도를 시작했다. 초기에는 교리에 따라 진리를 추구하며 올바른 목회 활동을 펼쳤다. H 목사는 설교를 무척이나 잘해서 모든 신도들에게 감흥을 주었고, 자연스럽게 신도들이 많아졌다. 당연히 헌금은 눈덩이처럼 불어났고, 교회도 점점 덩치를 키워 나갔다. 돈의 맛을 보면서 육체의 쾌락에 물들었고, 서서히 영혼 없는 육체만 남고 설교는 앵무새의 노래처럼 퍼졌다. 부인과 세 아이는 재벌가 부인과 아이들처럼 돈을 물 쓰듯 써 댔으며 교리에 담긴 성경은 돈을 모으는 도구에 불과했다.

신은 망상이 되어 가고 돈의 노예가 되어 갔다. 이들에게는 더 이상 빵과 포도주는 예수 그리스도의 살과 피가 아닌 술과 음식에 지나지 않았다. 도덕적 쾌락을 추구해야 할 성직자가 물질적, 육체적 쾌락에 물들어 헤어나지 못하고 있다. 많은 사람들에게 피해까지 주면서 말이다.

H 목사는 아직 인간도 되지 못했으면서 신을 영접하려 한다. 인간에게 모든 걸 내려놓으라 한다. 인간의 아픈 치부인 영원하지 않음과 불완전한 동물임을 강조하며 모든 것을 빼앗으려 한다. 미지의 존재에 대한 두려움을 담보로 공포를 조장하고 있다.

H 목사의 교회가 매년 천억 원이 넘는 헌금이 들어올 정도로 커지자 그 교인들의 헌금으로 학교 설립을 핑계로 돈을 빼돌렸으며 그리고 남의 명의를 이용해 사업을 펼쳤다. 모두 내부자 거래의 용도로 사용하면서 돈을 축적해 나갔다.

심지어 H 목사에게는 많은 여자가 있었다. 본처 사이에 난 세 아들 외에도 3명의 여자에게서 5명의 혼외자가 더 있다. 세 아들은 목사의 아들이지, 목사가 아니다. 이들은 모두 사학재단 회장, 이사장 등으로 횡령 및 배임으로 집행유예를 선고받고 일선에서 물러났지만 서류상으로만 이름을 지웠을 뿐, 수천억에 달하는 돈을 빼돌리고 있었다. 심지어 미국에도 신학교를 만든다는 면목으로 토지를 구입하고 선교활동비로 몇백억씩 보내지만 학교는 수만 평에, 가건물 몇 채뿐이다. 그 돈이 전부 그들의 개인 돈으로 변한 것이다.

H 목사는 그리스도를 앞세운 갈채를 받는 동시에 이면에는 흉악한 기

회주의 악마다. 또한 H 목사는 60이 넘은 나이에도 아직까지 음탕한 짓을 멈추지 않고 있다. 여신도를 신의 이름을 팔아 지속적으로 추행하고 있고, 심지어는 더 자극적인 육체적 쾌락을 위해 유흥업소를 드나들고 있다. 병적으로 탐닉하고 있다. 나는 성직자라고 해서 순결을 지켜야 한다고 생각하지는 않는다. 순결이 곧 미덕이라고 믿지도 않는다. 하지만 H 목사 같은 사람은 영혼의 파괴자다. 상대가 원치 않은 관계를 본인의 권력과 재력으로 짓밟고 있지 않은가!

"선악을 알게 하는 나무를 먹지 마라. 네가 먹는 날에는 반드시 죽으리라."라고 한 예수 그리스도의 말씀을 익히 알고 있으면서도 행하지 않는다. 중세의 기독교인에 비해 현대의 목사, H 목사뿐 아니라 대부분의 목사들은 교리대로 행하는 사람을 찾아볼 수 없다. 돈이 교리로 보이고 돈이 예수 그리스도의 말씀으로 여긴다. 시쳇말로 성경에서의 예수 그리스도의 말씀은 개소리인 것이다. 앞에서 언급한 것처럼 목사는 일종의 직업에 지나지 않는다. 이런 저급한 목자들, 생존의 의미를 모르는 철학적 막다른 골목에 들어선 중생들은 인류를 위해 자연으로 돌아가는 것이 신의 뜻이리라.

종교는 생산자와 소비자 사이를 연결해 주는 택배회사인 것이다. 롯데택배나 CJ택배나 우체국택배는 모두 같다. 다만 나쁜 택배회사가 있을 뿐이다. 물품을 분실하거나 파손시키는 택배회사, 즉 사이비 종교인 것이다. 생산자들인 신의 말씀은 불경이나 성경이나 코란이나 그 근본은 하나이다. 즉 교리들은 다 훌륭한데, 인간에게 전달하는 택배회사가 악덕한 곳이 많아 제대로 된 물건이 배달되지 않고 분실되거나 파괴되고 있다. 오늘날의 종교가 그러하다. 오늘날의 종교는 점점 세속화되어, 아니 점점 더 타락해 가며 피안(彼岸)에서 멀어지고 있다.

3

그렇다. 완준이의 생각이 맞다. 다음 타깃은 H 목사다. 많은 자료 조사로 H 목사의 비리, 가족의 비리 등을 모아 두었고, 취미나 동선도 파악했다. 경호의 취재력과 완준이의 정보력, 재훈이가 보내 준 여러 가지 프로파일이 담긴 책 등을 동원해 계획을 세웠으며, 이제 디데이를 잡는 일만 남았다.

일요일 아침, H 목사를 직접 보고 와야겠다는 생각으로 집을 나섰다.

어릴 때 초콜릿과 과자를 얻어먹기 위해 옆 동네 중형 교회를 몇 번 가 본 것과 군대에서 단체로 교회를 강제로 갔을 때 이외에는 가 본 기억이 없다. 산동네에서 아랫동네를 내려다보며 무수히 많은 빨간 십자가를 세어 보기는 했다. H 목사의 교회는 외관은 그다지 좋아 보이지 않았지만 교회 앞 6차선 도로 중의 두 차선이 마치 주차장을 방불케 했고, 차가 늘어선 줄은 주말 놀이동산의 줄보다도 더 길게 늘어서 있었다. 1㎞는 족히 되어 보였다. 교회 입구를 들어서자 다시 한번 놀랐다. 마치 대형 도서관과 유사한 책꽂이가 있었고, 그 앞에는 사람들이 도서관 책을 고르듯 벽에 붙어 무언가를 쓰거나 접고 있었다. 자세히 보니 헌금 봉투였다. 입이 저절로 벌어졌고, 의식해서 입을 다물지 않는 한 계속 벌리고 다닐 뻔했다. 예배 시간 20분 전 모두들 예배당 안에 착석하기 시작한다. 예배당도 마치 오페라하우스를 생각나게 만들 정도로 대단했다. 1층, 2층, 3층으로 되어 있었고, 각 층마다 사람들로 가득 자리 잡고 있었다. 나는 3층으로 올라가 설교 단상 오른쪽 위에 자리를 잡았다. H 목사가 앉아 있을 것으로 예상되는 곳의 가장 위의 자리다. 내 예상대로라면 H 목사는 눈치채지 못할 것이고, 반면 나는 H 목사의 정수리에서 발끝까지 한눈에 다 볼 수 있는 곳이었다. 한 시간가량의 찬송가와 목사들의 설교가 끝나자 H 목사가 설교를 시작했다. 여기저기 환호의 소리도 들렸다. 양의 탈은 쓴 늑대의 설교 같다. 설교는 유창하고 막히는 곳이 없었으며 마치 녹음실에서 녹음을 마친 잡음 한 점 없는 테이프를 켜 놓은 듯했다. 아무것도 모르는 사람은 좋아할 수밖에 없다는 생각도 들었다. 하지만 오래 다닌 신자들이나 장로들은 H 목사의 횡포나 비도덕적인 행동, 범죄 내역들을 알고 있을 것이다. 뉴스에도 많이 보도되었기 때문에. 하지만 여성에 대한 동물 같은 더러운 짓거리는 알면서도 모르는 체하거나 돈이나 외압으로 숨기고 있어 모르는 신자도 많았고, 그 이야기만은 입 밖으로 꺼내지 않는 것이 불문율이었다. H 목사에게 당한 여성들이 폭로한 사례도 있었으나 사탄으로 몰아 종단에서 내쫓아 버렸고, 오히려 수모를 겪는 피해자가 한둘이 아니었다. 설교가 길어지자 나는 사방을 둘러보았다. 내 옆에 평범한 듯 보이지만 눈매가 예사롭지 않은 젊은 남성이 앉아 있다. 그는 H 목사가 설교하는 동안 무언가 중얼거린다.

"저 목사가 유명한가요? 저는 저번 주에 이 동네로 이사 와서 오늘 처음 이 교회에 왔어요. 정말 대단하네요." 나는 그 청년에게 물었다.

"그냥 듣기나 하세요." 그가 퉁명스럽게 대답했다.

"다음 주는 우리 가족 모두 오려고 하는 데 괜찮겠죠?" 나는 다시 한번 물었다.

그제야 그가 살짝 고개를 돌려 나를 쳐다보았다. 피부는 잡티 한 점 없는 고운 피부에 어찌 보면 쌍꺼풀 없는 선한 눈을 가지고 있어 보이지만 눈에는 레이저가, 눈꺼풀에는 근육이 뭉친 듯 힘을 주고 있었다. 살기 띤 눈매였다. 나는 순간 무슨 사연이 있구나 하는 생각이 들어 일단은 아무 말도 하지 않고 H 목사의 설교를 계속 들었다. 청산유수다. 예수 그리스도가 다시 환생한들 저렇게 말을 잘할 수는 없을 것 같았다.

H 목사의 설교로 오늘 예배는 끝났다. 하지만 H 목사는 신도들과 악수를 하고 인사를 나누느라 정신이 없다. H 목사 주위에는 허리띠 앞에 두 손을 모으고 연신 웃어 대는 간신들이 10명쯤은 붙어 있다. 마치 무

대 위에 가수가 노래를 부를 때 옆에서 홍에 겨워 춤을 추는 댄서들 같았다. 주인공 가수 한 명을 돋보이게 하기 위한 춤과 코러스를 넣어 주는 것처럼 말이다.

H 목사는 냉혹한 눈으로 이 많은 신도들을 돈을 모아 주는 푸줏간의 쇠고기쯤으로 보고 있었으며, 예쁘고 젊은 신도들에겐 엉큼한 미소도 보냈다. 초요가 H 목사를 접대할 때 했던 행동이 머리통을 때리자 면도칼이 있으면 목줄을 끊어 놓고 싶을 정도였다. 저 인간에게도 뜨겁고 빨간 피가 흘러내릴까? 아닐 것이다. 더럽고 검은 피를 빨아먹고 사는 모기의 피가 흐를 것 같았다.

이렇게 나도 H 목사의 교회를 빠져나왔다. 사람들이 너무 많아 사람들의 뒤꿈치를 두 번이나 밟았다. 교회 문을 나서는 시간만 10분이나 걸렸다.

"저기 잠깐만요." 아까 나의 옆자리에 앉아 있던 청년이 나에게 말을 걸었다.

"아, 네. 이제 가시나 보네요?" 나는 웃으며 그에게 인사했다.

"이 교회 오지 마세요."

"왜, 왜요?"

"아무튼 여기 안 오시는 게 좋을 듯하네요. 특히 가족들과 오시는 건 더더욱이요." 여전히 눈에 힘이 들어가 있었고, 표정은 무표정했다.

역시 무슨 사연이 있다. 나는 꼭 알아야겠다.

"저기요, 잠깐만요." 나는 뒤돌아 가는 청년을 다시 잡으며 말했다.

"도대체 무슨 일이 있으시길래 그러시는 거죠? 제가 좀 알면 안 될까요? 사실은 저는 ○○일보 김경호 기자라고 합니다." 나는 청년의 사연을 꼭 알아야 했기에 경호를 사칭했다.

"저도 기자 아니면 경찰일 거라 생각은 했습니다. 성경책도 없으시고 무언가 메모를 하시는 거 보고요." 나의 거짓말에 놀라는 기색 없이 눈도 깜짝하지 않고 청년이 말했다.

"그럼 말씀 좀 부탁드릴게요."

"자리를 옮기시죠." 이렇게 우리는 한 블록쯤 걸어 사람이 별로 없는 커피숍으로 들어갔다.

"제 여동생은 저 교회에 초등학교 때부터 다녔어요. 지금까지 다녔으면 벌써 대학 졸업반이겠네요." 이렇게 말을 시작했다.

"지금까지라뇨? 그럼 지금은 대학을 다니지 않는다는 말씀인가요?" 나는 '지금까지'라는 말에 꽂혔다.

"네, 작년에 죽었어요. 자살했죠." 그의 근육 잡힌 눈은 어느새 부드러워졌고 촉촉이 젖은 상태로 바뀌어 있었다.

"제 여동생은 H 목사를 존경했고 매우 따랐어요. 거의 10년을 매주 한두 번은 보아 왔으니까요." 이렇게 말을 이어 갔다.

그의 여동생은 초등학교 5학년 때부터 친구의 권유로 그 교회를 다니기 시작했고, 대학교 2학년 때까지 다녔다고 한다. 교회 덕분에 사춘기 때도 별 말썽 없이 공부도 잘해서 기특했고, 모범생으로 자라서 부모님이나 오빠인 자신도 동생이 자랑스러웠다고 했다. 그러다가 고등학교 2학년 때부터 H 목사가 악마의 발톱을 서서히 드러내면서 여동생의 신체에 조금씩 터치가 시작됐고, 그때까지만 하더라도 H 목사에 대한 존경심은 여전했고, 여동생이 예뻐서 그러는 줄만 알았다. 하루하루 지나면서 그 강도는 심해졌고, 수요일과 금요일에 있는 저녁 예배 때는 따로 부르는 날도 많았다. 피곤하다고 안마를 해 달라는 것에서부터 컴퓨터를 가르쳐 달라는 이유로 수시로 목사의 개인 사무실로 불려 갔다고 했다.

대학교에 입학하면서는 더욱 노골적인 성추행이 이어졌고, 대학 2학년 때 성폭행을 당했다고 한다. H 목사가 준 음료수를 먹고 잠이 들어 깨어 보니 옷이 다 벗겨져 있었고, 아랫도리가 묵직하고 따끔거리고 이상해서 손으로 만져 보았더니 피가 묻어나길래 그제야 동생이 강간을 당했다는 것을 알았다고 한다. 동생은 그 자리에서 H 목사에게 무슨 짓을 한 거냐고 따져 묻자 H 목사는 무릎을 꿇고, 울면서 "네가 너무 예뻐서 죄 사함을 받게 해 준 거야."라며 함께 무릎을 꿇고 기도를 하자고 했다. H 목사는 여전히 동생에게는 신적인 존재였으며, 그의 말이 곧 법이었다. 일반인은 잘 모르지만 물 위를 걷는 것만 빼고 모든 것을 할 수 있다 믿었다고 한다.

그 이후 점점 더 야수로 변했고, 심지어는 "옷 벗어라."라는 명령까지 했으며, 파렴치한 행위가 끝나면 용돈까지 주며 회유도 했다. 동생은 거의 한 달에 한두 번은 이런 일을 당했고, H 목사에 대한 믿음이 사라지면서 고통스러워했다. 마침내 가족들에게 눈물을 흘리며 이 악마 같은 H 목사의 행위를 밝히고, 그녀의 가족들은 그를 고소하기로 결정했다고 한다. 하지만 소용없었다. 청년을 포함한 가족들은 다윗과 골리앗의 싸움이 이런 것이구나 하는 자괴감만 느꼈고, 오히려 여동생은 H 목사의 사랑을 받지 못해 시기와 질투가 씐 사탄으로 몰렸으며, 다른 교인들에게 손가락질을 받으며 교회에서 쫓겨나기까지 했다. 동생 이외에도 피해자들이 하나둘씩 나왔지만 소용없었다.

심지어 성폭행 의혹 보도가 나왔을 때도 사람들은, 아니 신자들은 믿지 않았고, 아니 믿으려 하지 않았다. 여전히 H 목사는 "성령 하나님이기에, 거룩하고 깨끗한 분이다. 보도가 틀렸다."라고 신자들은 그를 옹호했다. 이런 싸움이 1년 이상 길어지자 여동생은 신경쇠약뿐 아니라 건강 악화도 밀려와 극단적인 선택을 했다고 한다.

그 청년의 말을 듣는 내내 나의 몸은 부들부들 떨렸고, 참을 수 없는 고통과 증오심이 밀려옴을 느꼈다. 이런 사탄과 같이 이 자연에서 숨을 쉬고 있다는 자체에 치가 떨려 견딜 수가 없었다. 빨리 H 목사를 격리시키리라 마음을 다지고, 청년과 간단한 인사를 나누고 헤어졌다.

4

11월 가을비가 내리는 금요일.

이틀째 비가 내린다. 가을비가 빛나는 수정처럼 내리면서 아스팔트가 반짝거렸다.

매주 금요일 별일이 없으면 H 목사는 알라딘이나 지니를 찾는다. 당일 전화를 걸어 몇 시쯤 가겠노라고 비서의 전화를 통해 예약이 이루어졌다.

"창호 오빠, H 목사 10시에 온다네요. 오빠는 왜 그렇게 H 목사에게 관심이 많아?" 초요가 호기심 어린 말투로 물었다.

"아니야, 그냥 한번 만나 보고 싶어서."

"그럼 저랑 같이 들어가실래요? 호호."

나는 금요일은 으레 알라딘에 들러 완준이와 경호, 우리 3인방이 자주 뭉치기에 별다른 이상한 점은 없다. 나는 평상시와 같이 9시까지 완준이, 경호와 함께 이야기를 나누고, 집에 가겠노라 인사를 하고 빠져나와 알라딘 후문 골목이 보이는 커피숍으로 자리를 옮겼다. 커피숍 2층에서 H 목사가 오기만을 기다리고 있었다. 물론 머릿속에는 있는 계획을 쉬지 않고 이미지 트레이닝을 반복하면서. 10시에 H 목사가 도착해 알라딘에서 술을 마시면 3시간가량, 지니에서 마시면 2시간가량 예상된다. 후문에는 각각 CCTV가 3대가 있다. 하지만 그 CCTV는 방범용이지, 녹화되지 않는 것을 알고 있기에 별로 신경 쓸 필요는 없었다. 유흥업소에는 손님들의 프라이버시 문제로 녹화용 CCTV가 있는 가게를 극도로 싫어한다. 방법용 CCTV는 완준이 방 모니터와 카운터의 구석에서만 볼 수 있다. 완준이만 그 모니터를 유심히 보지 않는다면 나의 계획된 행동을 알 수 있는 사람은 아무도 없다. 비가 계속 내린다는 변수는 있지만 말이다.

자정을 지나고 나는 커피숍을 나와 알라딘 옆 골목 으슥한 곳에 자리를 잡았다. 발목까지 내려오는 판초 우의를 입고 수술용 장갑을 끼고, 단단해 보이는 물먹은 빨간 벽돌을 옆에 두고.

나는 H 목사를 알지만 그는 나를 모른다. 나는 그에게 비면식자인 것이다. 단순 절도를 과장한 계획적인 살인을 할 것이다. 설령 오늘 계획이 실패한다고 해도 그는 나를 모른다. 또 신고하기도 쉽지 않을 것이라는 것도 안다.

시계는 이제 새벽 1시 5분 전 드디어 계단 쪽에서 낭랑한 여자의 목소리가 들린다. 초요가 H 목사의 팔짱을 끼고 코맹맹이 소리로 비위를 맞추며 내려오고 있었다. H 목사도 오늘은 잘 마무리(?)했는지 기분이 좋아 보이는 음색이다.

“사장님, 비 오는데 조심히 가시고 다음 주에 또 봬요.” 초요가 인사를 하며 H 목사의 볼에 뽀뽀를 하고 올라갔다.

“그래, 다음 주에 또 올게.”

H 목사는 골목길을 두리번거리더니 우산을 폈다. 나는 빨간 벽돌을 손에 들고 재빨리 달려가 H 목사의 오른쪽 관자놀이를 향해 후려갈겼다. H 목사는 짧은 단발 비명을 질렀지만 누가 들을 수 있을 만큼의 소리는 아니었다. 너무나 부지불식간에 일어난 일이라 H 목사는 피할 틈도 없이 가격당하고 물이 고여 있는 바닥으로 쓰러졌다.

"두려워하지 마세요! 나는 당신의 새 주인인 강한 악마를 데려갈 뿐입니다. 당신이 겪는 죽음의 고통은 당신이 저지른 악행에 비하면 너무 초라해요. 그래도 나는 당신에게 죽음의 고통을 최대한 짧게 느끼게 할게요. 조금만 참아요."

나는 피를 흘리고 의식을 잃은 H 목사의 목을 서서히 조였다. H 목사는 잠시 반항을 하더니 그의 양팔은 힘없이 비 오는 바닥에 철퍼덕 떨어졌고, 몸의 경직도 사라졌다. H 목사가 영원히 잠드는 순간이었다.

"울타리를 벗어나 잠시 자유를 만끽했으면 하나님의 나팔소리에 다시 울타리로 돌아가셨어야죠. 왜 울타리에서 더 벗어나 늑대의 먹잇감이 되세요." 조용히 H 목사의 귀에 설교하듯 말했다.

H 목사의 죽음을 확인하고 양복 안주머니에서 지갑을 꺼냈고, 팔목에 있는 고급스러워 보이는 시계를 풀었다. 이것들을 주머니 어딘가에 쑤셔 넣고, 벽돌도 H 목사 옆에 그대로 두고 일어났다. 그제야 판초우위에 맞는 빗소리가 내 귀에 들렸다. 그 빗소리는 마치 말이 마장마술 할 때 만들어내는 말발굽 소리처럼 경쾌하게 들렸다.

이렇게 두 번째 거사가 끝났다. 비 오는 검은 하늘을 쳐다보았고 두 손으로 빗물을 받아 보았다. 빗물은 손가락 사이로 흐른다. 자기 자신의 영혼을 팔아 얻은 물질로 행복을 산다면 그것은 손으로 물을 잡는 것과 같다. 손가락 사이로 새어 나가는 물에 지나지 않는다.

신은 곧 자연이다. 자연은 얼마나 고집스럽게 제자리에 있는가. 그 하찮은 인간들이 변화를 추구하고 자가당착에 빠져 자연에 덤비며 자연의 위에 서려 한다. 고작 자연으로 돌아가 한 줌 먼지나 빗방울조차도 안 되는 족속들이 말이다.

비는 여전히 대지를 깨끗이 씻어 내고 있지만 나의 몸은 젖은 옷으로 인해 무겁다. 얼마나 걸었을까? 나도 모르는 사이 벌써 집에 다다랐다. 비는 가랑비로 바뀌었지만 정원의 나뭇잎은 비에 맞아 여전히 잔잔한 소리를 내고 있다.

벤치 아래에서 냐옹이가 애처롭게 나를 바라보고 있다. 냐옹이도 나처럼 비 맞은 생쥐 같았다. 나는 냐옹이와 잠시 눈인사를 나누고 엘리베이터로 걸어갔다. 냐옹이도 최 형사 때와 마찬가지로 나의 뒤를 따르고 있었다. 내가 엘리베이터에 올라 4층을 누르고 엘리베이터 문이 닫히는, 그 짧다면 짧은 시간에 냐옹이와 나는 많은 교감이 오갔다. 나의 아테나인 냐옹이는 마치 영매인 양 나의 무의식적인 영혼과 대화를 나눈 것이다. 또 나를 위로해 준 것이다.

내가 기절하는 동안 최 형사 때와 똑같은 꿈을 꿨다. 아니, 조금 달랐다. 똑같은 장소에 똑같은 사자와 호랑이가 있는 동물원이지만 저 사자와 호랑이는 여전히 인간인 먹이가 와도 스스로 잡아먹지 못한다. 자연에서의 포식자가 자연성을 되찾지 못했다. 인간이 만든 울타리에서 먹이를 입에다 넣어 주어야만 한다. 하지만 첫 번째 최 형사를 죽인 후 꾸었던 때와는 다른 점은 멀뚱멀뚱 쳐다만 보지 않고, 호기심을 갖고 다가왔다. 눈빛도 달랐다. 최 형사 때의 꿈보다 나에게 더 위협을 가하는 상황이었지만 오히려 공포스러움은 덜했다. 두 번째 꾸는 꿈이라 그런지 악몽으로 다가오지는 않았다.

5

또다시 30시간을 꼬박 기절인지 잠을 잔 건지 모를 무의식에서 깨어보니, 새벽은 맑게 개어 있었고 공기는 상쾌했다. 주위 건물들도 방금 샤워를 끝낸 것처럼 깨끗했다. 내 영혼은 하나의 여정을 끝마치고 새로운 여정을 준비하듯 리셋되고 있는 듯했다.

여느 때와 마찬가지로 출근을 해서 모닝커피를 마시고 있었다.

'H 목사 죽였죠?'

"재, 재훈아. 뭐라고 했어 지금?" 나는 주위를 둘러보고 놀란 눈으로 재훈이에 물었다.

"예? 저, 아무 말도 안 했는걸요."

"방금 'H 목사 죽였죠?'라고 하지 않았어?"

"이 과장님, 아직 잠에서 못 깨셔나 보네. 하하하."

나는 분명 들었다. 하지만 재훈이가 시치미를 떼고 있다. 아니, 잘 모르겠다. 재훈이가 한 말이었는지는.

"이 과장님은 피도 눈물도 없는 한 마리 야수 같아요. 평상시는 누가 코털을 뽑아도 마냥 좋은 사람이었다가 먹잇감을 보면 시속 100㎞로 달리는 호랑이 같아요. 또 냉정해 보이기도 하고요. 사람을 죽이고도 감정의 동요도 없을 것 같고…… 하지만 난 이 과장님을 보며 카타르시스를 느껴요. 또 존경하고요. 내가 할 수 없는, 아니 누구나 하기 힘든 자유로운 영혼을 지녔기에 부러워요." 재훈이가 뜬금없는 말을 했다.

"너, 뭐라고 그러는 거야 지금?" 나는 뛰는 심장을 참으며 재훈이게 물었다.

"아뇨, 그냥 제가 본 이 과장님이 그렇다고요."

"올해 초에 책을 보낸 게 너구나?"

작년 연말 최 형사 사건이 있은 후, 며칠이 지난 1월 초에 여러 권의 책이 소포가 온 적이 있었다. 발신인은 없었지만 수신인 이름은 분명 '이창호'라고 되어 있었다. 모두 5권의 책이었고, 살인 및 범죄 관련 프로파일 책이었다. 범죄 미스터리 영화도 백 편 이상 USB에 담아 보냈다. 이럴 때 보면 재훈이도 참 꼼꼼한 녀석인데 말이다.

"네." 재훈이가 짧은 대답을 남기고 자리로 돌아갔다.

나는 더 이상 재훈이에게 무슨 말을 할 수가 없었다. 정 대리는 내가 어떤 일을 꾸미고 있는지 알고 있다는 걸 알았기에.

퇴근길에 완준이도 볼 겸 H 목사 사건 현장도 볼 겸 알라딘으로 향했다. 7시가 넘었는데도 아가씨들로 시끄러워야 할 가게가 너무 조용했다. 완준이 방문을 열자 "왔니?"라고 말하며 하품을 하더니 활짝 벌린 입을 넓게 벌린 손바닥으로 서너 번 톡톡 치고 있다.

'네 덕분에 며칠 장사 못 하겠다.'

"앉아라. 경호도 올 거야." 완준이가 나를 힐끗 쳐다보며 말했다.

"뭐? 뭐라고 했어?" 나는 내 귀가 의심스러워 완준이게 물었다.

"경호도 온다고."

"아니, 그 말 앞에."

"아무 말 안했는데?"

"네 덕분에 며칠 장사 못 하겠다 그랬잖아, 방금." 완준이게 다시 물었다.

"아니, 장사 못 하는 게 왜 네 덕분인데? 살인사건 때문이지." 완준이가 의아한 듯 말했다.

오늘 이상하다. 내가 이상한 걸까? 아니면 이들이 이상한 걸까? 출근해서는 재훈에게 이상한 말이 들리더니 여기에서는 완준이게서도 이상한 말이 들렸다. 환청일 걸까? 저들이 나에게 거짓말을 하는 걸까? 아니면 H 목사를 죽인 나 자신에 대한 무의식의 죄책감인가? 나는 유해물을 없앤 이 같은 행동에 죄책감이 없는데 말이다.

"커피 마실래?" 완준이가 멍한 생각에 빠진 나에게 물었다.

"어? 어, 어, 그래."

"너 오늘 이상하다? 주말은 전화도 안 되니?"

"몸이 좀 안 좋았어." 나는 완준이의 물음에 대충 둘러댔다.

"아, 성질나서 못 다니겠다." 경호가 신경질적인 말투로 혼자 말을 하며 들어왔다.

완준이와 나는 아무 말 없이 경호를 쳐다보며 뒤이어 나올 말을 기다렸다.

"토요일 새벽에 벌어진 H 목사 죽음에 대해 기사를 썼는데…… 또 킬당했어." 경호가 성질내는 이유를 설명했다.

경호가 H 목사의 기사를 쓰려고 했지만, 사회부장, 편집국장이 기사에 대한 승인을 거절했다. 사회부장, 편집국장도 윗선의 지시라는 말만 남기고 까라면 까라고 말했단다. H 목사는 그날 오천만 원대 까르띠에 시계와 현금 삼백만 원이 든 지갑을 강도당했고, 강도의 소행으로 추정된다고 말했다. 빗속에서 나뒹굴던 H 목사 휴대폰은 비밀번호가 잠겨 있었고, 그 비밀번호를 풀고 휴대폰을 뒤졌을 때에는 수사관들이 입을 벌릴 정도로 많은 성행위 사진과 온통 살 색깔의 여자들 사진으로 넘쳐났다고 한다.

신문에는 '말도 많고 탈도 많던 H 목사 북창동 뒷골목서 의문사'라는 제목으로 단신 처리된 것이 전부였다. 경찰은 "매주 쉬쉬하며 다니던 룸살롱에서 술을 마시며 홀로 귀가하기 위해 나오던 중 괴한에 습격당해 숨졌다"고 발표했으나 유가족은 극도로 언론에 노출되는 것을 꺼렸다. 이유는 신도들이 동요될까 염려되어서였지만 사실은 그것이 아니었다. 수시로 업소 여성과 2차를 나가고 또는 룸에서의 질펀한 행위가 대중에 알려질까 봐 두려웠고, 또한 자식들이 H 목사가 남겨 둔 유산 분쟁에 휘말려 가족들 자신들이 피해가 우려되어 빨리 사건을 은폐하려고 로비를 했다. H 목사의 만행이 알려지면 신도들이 등을 돌리게 되고, 그렇게 되면 자신들의 돈줄도 막힐까 걱정이 이만저만이 아니었다. 오히려 살해 동기는 가족들에게 쏠렸다. 많은 신자들은 H 목사를 가족들이 재산 다툼 때문에 저질렀고 배다른 형제들에게 재산을 나눠 주는 것조차 아까운 본부인 자식들의 짓이라는 소문이 돌았다.

이렇게 H 목사 살인사건은 부검조차도 하지 않고 장례식도 깜깜이로 진행됐으며 그 수십만 명이 넘는 신도들의 애도도 없이 그렇게 끝났다.

6.

정치, 자연으로

정치란, 나 자신부터 바로잡는 것이다

곧 정직이 정치인 것이다

1

나의 추측이 맞았다. 완준이와 재훈이는 나의 계획을 알고 있었다. 완준이는 최 형사 사건으로 낌새채고 있어서 H 목사 사건이 발생한 그날, 자신의 방에서 방범용 CCTV를 보고 있었다.

그렇다면 재훈이는 어떻게 알았을까? 재훈이는 최 형사 사건 이후 내가 집에 들어와 30시간의 기절 같은 잠에 빠져 있을 때 나의 오피스텔로 김치와 반찬을 가지고 왔었다. 재훈이만이 나의 오피스텔 비밀번호를 알고 있는 유일한 사람이다. 토요일 아무리 전화를 해도 받지 않아 무슨 일이 있나 걱정되어 오피스텔에 왔더니 땀을 흘리며 악몽 같은 잠꼬대를 했고, 그때 최 형사 얘기도 했다고 한다. 며칠 후 최 형사가 진짜로 죽은 걸 알고 내가 계획했던 일이라는 걸 직감했던 것이다. 나의 조력자 중에 경호는 나의 이런 계획을 모른다. 아니, 알고 있을 것 같다. 워낙 눈치가 빠른 녀석이고, 완준이가 경호에게 말했을 것이다. 말을 하지 않아도 분명 알고 있을 것이다. 매번 S 의원에 대해 물었으니 말이다. 다음 타깃이 누구라는 것도…….

"오늘 회식인 거 아시죠?" 아침에 출근하자마자 김 대리가 쪼르륵 나에게 달려와 말했다.

"어, 알지."

"오늘도 참석 안 하시고 그냥 가시면 저 삐질 거예요." 김 대리가 입을 삐죽 내밀며 말했다.

매번 회식이 공부방 가는 날과 겹쳐서 회식을 참석하기 어려웠지만 오늘은 나를 위해 요일을 바꿔서 잡았다고 한다. 나와 동기인 최 팀장, 재훈이, 김은서 대리, 이 대리 등 8명이 참석했다. 나만 술을 잘 못 하지만 모두들 술이라고 하면 자다가도 벌떡 일어나는 주당들이다.

"이 과장님은 술은 드시지 마시고, 고기 많이 드세요." 김 대리가 큼지막한 등심을 젓가락으로 집어서 나의 앞 접시에 올려놓고 말했다.

"김 대리, 너무 차별하는 거 아니야?" 최 팀장이 약간 눈을 흘기며 말했다.

"김 대리가 이 과장님이 연애할 때는 쌀쌀맞더니 다시 솔로가 되니까 나긋나긋하네. 하하하." 이 대리도 옆에서 김 대리를 놀렸다.

"그런 거 아니에요." 김 대리가 소맥잔을 들이켜며 말했다.

"근데 회사가 S 의원 딸 때문에 너무 시끄럽네요." 조용히 있던 재훈이가 불쑥 화제를 돌렸다.

"지금 시대가 어느 때인데 저렇게 부정하게 입사를 시켰는지……." 최 팀장이 소신 발언을 했다. 최 팀장은 다소 우유부단하고 소심한 성격이라 저렇게 말한 적이 거의 없었다.

S 의원에 대한 인식도 좋지 않았다.

"어떻게 S 의원 같은 인간이 국회의원이 됐는지 이해할 수가 없네. 세월호 참사 때 한 그 인간의 행동은 갈아 마셔도 시원찮아." 최 팀장이 맥주잔을 들이키며 거품을 문 듯 흥분해서 과격하게 말했다.

"단식하는 세월호 피해자 아버지 옆에서 어떻게 피자를 시켜 먹을 수 있지? 본인도 딸을 키우는 아버지가? 저런 인간이 악마지 누가 악마겠어?" 최 팀장은 입에 들었던 고기 파편까지 튀기며 말을 이었다.

최 팀장과 나의 생각이 일치했다. 내가 다음 타깃을 S 의원으로 잡았던 가장 큰 이유가 세월호 참사에 대한 그의 행동거지 때문이다. 304명의 희생자가 발생한 참사에 아무 이유도 묻지 말고 조용히 하란다. 국가의 대통령이 뭐 했는지도 묻지 말고, 배와 같이 침몰한 시신도 찾지 말라고 한다. 그냥 정치적으로 그들을 이용했고, 국민을 선동했다. 304명의 목숨만 앗아간 것이 아니라 희생자 가족들의 영혼까지도 파괴시켰다. 그중에 최 팀장의 가족도 포함되어 있었다. 304명 중에 최 팀장의 조카도 포함되어 있었다. 최 팀장은 형님이 직장도 그만두고 딸이 어떻게 죽었는지가 궁금해 국가에 원인이라도 알려 달라고 요청하고 삭발 투쟁도 했으나 반대 진영 정치인들은 돈을 더 받아 내려고 한다는 식으로 여론 몰이를 하고 있어 더욱 힘들다고 한다. 저들은 국민들을 불쌍히 여길 여유가 없다. 권력의 쾌락, 물질의 쾌락, 육체의 쾌락에 젖어 아이가 길을 잃어 헤매도 아랑곳하지 않는다.

"우리 가족들은 파탄이 났어. 어머님도 그 일로 건강이 악화되셨고, 형님도 생계까지 포기하고 있으니 말이야. 총만 있으면 법에 호소하지 않고 정말 다 쏘아 죽이고 싶은 심정이야." 최 팀장이 홍분을 감추지 못하고 울분을 토해 냈다.

"진정하세요. 팀장님." 이 대리가 위로하며 말했다.

국회의원처럼 악인이 많은 곳도 없을 것이다. 국가기관 신뢰도에서는 만년 꼴찌, 평균 소득 1위라는 치욕을 안고 있다. 그래도 반성은 없고 '역대 최악'이라는 말은 항상 따라다닌다. 그래서 내가 그들 중 누구를 타깃으로 잡을지 너무 힘들었다. 90%가 타깃의 대상이었다.

"나를 포함한 대다수의 국민들은 내게 월급을 주는 곳, 즉 회사를 위해 일하며 충성하고 있고 회사의 이익을 위해 노력하는데, 국회의원 대다수는 월급을 주는 국민들을 겉으로는 위하는 척, 국민들을 위해 일하는 척하지만 국민을 무시하고, 심지어는 개돼지로 여기고 있단 말이야. 국민의 이익보다 자신의 이익만을 위해 일하고, 국민은 자신들의 이익을 위한 도구로 사용하고 있어. 저들 머리에는 국민은 없어. 자신들이 어떻게 해야 이로울지 계산할 수 있는 주판알만 있을 뿐. 저들 정치인들이 자기 자신의 이익을 위해서 행동하는 것은 자기만 편하자고 만원 지하철의 출입구 옆에서 오줌을 내갈기는 거랑 같은 거야. 자신의 이익도 남에게 해를 주어선 안 되잖아. 이것이 동물과 인간이 다른 점이니까. 하지만 국민, 국민 입만 열면 국민을 파는 저 인간들은 머릿속에는 과연 국민이 있을까? 조금은 있겠지, 양심이 있다면." 나도 다소 흥분조로 말했다.

"저러다가 선거철 되면 또 슬슬 거짓 웃음을 보이며 나타나겠죠?" 재훈이가 내말에 바로 말을 이어 갔다.

"그러겠지. 자신의 표를 얻기 위해 선심성 공약을 내걸겠지. 상대방을 비난하면서. 자신들이 불평등의 근원인데도 사회적 불평등을 찾아내 해결하겠다고 호언장담할 것이고, 해결하지도 못할 공약들은 선거를 치른 후 나 몰라라 하겠지. 다음 선거 때까지." 최 팀장이 다시 호흡을 가다듬으며 차분하게 말했다.

국가는 만인의 최고 행복을 추구하는 단체이다. 특히 입법기관인 국회의원은 국민을 대표하는 기관이라 더더욱 국민을 위해 봉사해야 하는 사람들이다. 국민을 위해 법을 만들어야 하는 민주주의 국가에서 이들은 진실로 국민을 위해 법률을 제정할까? 법을 제정하는 국회의원이란 자들은 자신들만의 특혜를 내려놓지 않고 있다.

정치인들, 특히 국회의원들은 평등이란 단어를 싫어하고, '감히'라는 말을 머릿속에 품고 생활한다. 자신과 다른 부류를 보면 항상 어디 '감히'라는 말을 달고 산다. 태생적으로 다 같이 잘사는 것을 원치 않는다. 다 같이 잘살면 본인들은 권력도 우월감도 기득권도 누리지 못하기 때문이다. 또 이들은 국민들이 정치에 관심을 갖는 것이 불편하다. 아니, 싫다. 관심을 가질수록 국민들이 정치에 참견하고 불만을 토로하기 때문이다. 자신들의 기득권에 자꾸 딴지를 걸기 때문에…….

국민을 대변하는 체하지만, 국민을 사랑하는 체하지만, 어리석은 국민이라는 생각이 머릿속에 박혀 국민을 자기의 뜻에 맞게 선동하는 데 여념 없는 자들이다. 그들이 만든 기득권의 테두리 안에서 좀 더 큰 금수저를 갖겠다고 싸우는 모습이 역겹기 그지없다.

어떤 이념을 가졌던, 어떤 당에 속하던, 여당이든 야당이든 다 비슷해져 간다. 49% 잘못하는 놈과 51% 잘못하는 놈이 있을 뿐이다. 51% 잘못하는 놈 보기 싫어 49% 잘못하는 놈 선택했더니 49% 잘못하는 놈이 자기들이 잘나서 선택되었는지 알고 착각하고 있다. 그 나물에 그 밥인데 말이다.

촛불혁명으로 새로운 정부로 바꾸었지만 국회의원들은 변한 게 없다. 음식 재료가 썩었는데 아무리 실력 있는 호텔 주방장을 모셔 온다고 맛이 좋을 리 만무하다. 음식 재료만 좋아도 음식 맛은 기본은 할 것이다. 그나마 신선한 재료도 썩은 재료와 같이 요리하니 그 요리는 썩은 요리다.

"저는 제발 막말이라도 안 했으면 좋겠어요." 김 대리가 정치 얘기에 거부감이 들었던지 한참 후에야 한마디 했다.

"그게 말이야. 기자 친구 경호가 그러는데 극단적인 발언, 즉 막말을 하는 정치인들이 점점 더 많은 지지를 얻고 있는 반면, 중재와 합리적이고 조리 있게 묵묵히 다수를 위해 일하는 좋은 정치인들은 오히려 경멸과 조롱의 대상이 된다는 거야. 목소리 크고 막말을 해서라도 매스컴에 한 번이라도 더 나오는 사람이 일도 잘한다고 오판하고 있어서 그렇다지 뭐야. 아주 형편없는 생각을 하고 있더라구." 김 대리의 말에 내가 경호에게 들은 말을 해 주었다.

"그런데 최 팀장님, 저번 세월호 인양 작업 때 조카 시신은 찾았어요?" 이 대리가 조심스럽게 물었다.

"조카의 뼈 몇 조각과 조카가 쓰던 물품 몇 점 찾았어. 그걸로 조카를 하늘나라로 보냈어." 최 팀장이 말은 조용했지만 증오가 담겨 있었다.

"팀장님 형님과 형수님은 얼마나 침통할지 안 봐도 느껴지네요. 그런데 인양 작업하는데 국민 세금 많이 들어간다고 선동하는 저런 인간들이 정말 인간인지, 정말 화가 치밀어 오르더라구요." 이 대리가 최 팀장을 위로하며 말했다.

"국가란 '라이언 일병 구하기'야." 나는 히트를 친 미국 영화를 예로 들었다.

"이 과장님, 맞아요. 무슨 말씀하실지 알 것 같아요." 김 대리가 나의 한마디에 의도를 알아채고 말했다.

"영화 〈라이언 일병 구하기〉는 미국 아니 민주주의 국가를 가장 잘 말해 주는 영화 같아. 단 한 명의 목숨을 구하기 위해 여덟 명이 위험을 감수해야 할 상황에서 대원들은 과연 '라이언 일병 한 명의 생명이 그들 여덟 명의 생명보다 더 가치 있는 것인가?'라고 의문을 가질 수 있겠지. 하지만 '단 한 사람의 미국인이라면 지구 끝까지라도 가서 구출한다'는 미국인의 정치적 명분을 강하게 보여 주었고, 국민은 국가에 대한 믿음을 갖게 만들지. 우리나라의 몰지각한 정치인들이나 우매한 국민들은 단지 저 한 사람으로 생각하겠지. 하지만 저 라이언 일병은 한 명이 아니야. 국민 전체인 거지. 국민 누구나 라이언 일병이 될 수 있으며, 라이언 일병은 국민을 상징하는 거지. 국민 한 사람을 구하는 데 1조가 들어도 구해야 해. 그게 국가의 존재 이유지. 그래야 국민들은 국가를 위해 충성하게 되는 거고, 이번 세월호 인양 문제도 비슷해. 304명의 피해자들은 나이고, 우리며, 국민이야. 그래서 수조 원의 세금이 쓰이더라도 시신을 찾아야 하는 거지." 나는 내가 가지고 있는 국가관을 말했다.

"멋있어요. 이 과장님." 김 대리가 리액션으로 박수를 치며 나의 말에 호응해 주었다.

"역시 나의 멘토님. 저는 그 정도까지는 생각 못 했는데 이 과장님 말씀 들어 보니 공감 또 공감되네요." 재훈이가 한술 더 뜨며 말했다.

"지들이 세금 도둑인 줄 왜 모를까?" 이 대리가 말을 이었다.

"이들을 세금 도둑이라고 하는 이유가 있지. 일 안 해도 돈 나오고, 싸움질해도 돈 나오고 세금을 허투루 써도 돈 나오니 말이야. 국회의원 자리는 국민을 위해 봉사하는 자리지, 국민 위에서 군림하라고 뽑아 준 자리가 아니란 말이지. 감히 어디 '감히'라는 말이 저 살갗 찢어진 입에서 내뱉느냐 말이야. 저런 국레기들이 단장(斷腸)의 고통을 알기나 알겠어?" 최 팀장이 또 흥분했다.

"국민의 아픔을 위로할 입으로 국민에게 고통을 주는 막말을 하고, 국민의 상처를 치료할 손으로 불법적으로 재물을 챙겼으며, 배고픈 국민의 배를 채워 줄 세금으로 자신의 기름 낀 배를 채우고 있었고, 국민을 위한 법을 만들 머리로 자신의 기득권을 지킬 잔꾀를 부리는 인간들이지." 내가 마지막으로 말을 하고 다 같이 건배를 하고 오늘 회식은 파했다.

모처럼 팀 회식에 참가해 다소 딱딱한 주제지만 허심탄회한 대화를 나눈 것 같아 기분이 좋았다. 택시를 타고 한강을 건너면서도 많은 생각들이 내 머릿속을 가득 채웠다.

50년대부터 80년대 초반까지 우리가 굶주렸던 시대를 회상하고 그리워하는 지금의 60대 이상의 어른들은 공포정치에 물들어 있다. 당시 말만 잘못해도 잡혀가고 고문당했던 시절. 입에 풀칠만 해 주면 말 잘 들었던 그들이 이제 그 공포정치에서 벗어나니 그때를 그리워한다. 참 아이러니하지 않은가? 그 공포정치를 행하던 후세들을 지지하고 있다. 마치 어머니와 자식을 술만 먹으면 두들겨 패던 아버지를 증오하면서 자신이 어른이 되니 그렇게 증오하던 아버지를 닮아 가는 것이랑 무엇이 다른가?

중국의 진시황이 백성을 다스리기 위해 했던 무지막지한 공포정치. 그 공포정치의 근본이 백성들을 생각 자체를 못 하게 하는 것이었다. 황제에, 국가에 의견도 내지 못하고 그냥 정말 개돼지처럼 시키는 것만 하는 생각 없는 백성을 만들었다. 작은 잘못도 잔인한 형벌을 가했으며, 부모, 자식 간에도 서로 불온한 생각을 하는지 감시하는 제도를 만들었다. 우리의 어른들도 그때와 비슷한 시대를 살아온 것이다.

내가 지금 지나오는 저 넓은 한강 줄기, 한강에 놓인 수많은 다리.

경제 부흥?

우리가 자랑삼아 말하는 한강의 기적! 한강의 기적으로 경제는 좋아졌고, 먹고사는 데는 좋아졌겠지만 서울, 아니 대한민국의 문화와 전통은 온데간데없이 사라져만 갔다. 고층건물, 미세먼지가 서울을 대표하는 문화 아닌 문화가 되었다. 이것이 자랑스러운가? 한강의 기적으로 물질적으로 풍족해졌지만 행복해졌는가? 대한민국 서울을 대표하는 것이 무엇이던가? 외국인에게 자랑스럽게 내보일 수 있는 것이 무엇이던가? 문화와 전통이 없는 부유함은 그저 졸부일 뿐인 것을…….

2

최초의 여성 대통령이 탄핵당하고 새로운 정부가 들어선 지도 2년이 되었다. 탄핵의 근원인 국정농단의 핵심들은 아직까지도 얼굴 뻣뻣이 들고 당시에 국민들에게 무릎 꿇고 사죄하던 모습은 온데간데없이 사라졌다. 이제 오히려 탄핵의 부당성을 내세우며 우리가 뭘 그리 잘못했냐고 적반하장으로 나온다. 심지어는 무지한 노인들을 선동해 거리로 내몰고 있다. 주말이면 성조기와 태극기를 들고 수감 중인 대통령의 석방을 외친다. 국정 수행을 하는 대통령보다 이들을 선동하는 국회의원들이 훨씬 악인들이다. 무능력한 사람을 대통령으로 앉히고 온갖 부당한 짓이란 짓은 다 저지르며 한 나라의 원수를 꼭두각시처럼 대했던 그들. 그들은 여전히 아무런 죗값도 치르지 않고 떵떵거리며 살고 있다. 우리 대한민국이 아직까지 일본의 잔재에 벗어나지 못한 이유와 같다. 일본에 굽실거리고 국민의 피를 빨아 나라까지 내주었던 그들이 여전히 권력을 가지고 잘사는 것과 같다. 탄핵을 당한 후 국민 앞에 무릎 꿇고, 악어의 눈물 한 방울 흘리고, 약간의 시간만 보내고 나면 다시 양심의 가책도 없이 악행은 다시 일상이 되어 버린다.

19세기 독일의 철학자 니체가 말했듯이 이들은 모두 미치광이다. 마치 행복이 옥좌 위에 있기라도 하듯이 미친 듯 기어오르려 하고 자신에게 악취가 풍기는지도 모른다. 그 악취로 인해 국민들이 죽는지도 모르는 미치광이 원숭이 같다. 현재 대한민국의 국회의원을 두고 하는 말 같다.

반대를 위한 반대가 그들의 전공이며, 내로남불이 부전공인 대한민국의 국회의원 나리들. 그들은 국민을 위한 법안은 가물에 콩 나듯 하며 상대방 흠집만 찾아나서 정권을 찾아오는 일에만 4년을 모두 소비하고 있다.

민주주의의 가장 큰 원칙은 평등과 타협과 양보인데 이 세 가지는 자신의 이권에 따라 깡그리 무시된다. 이익 앞에서는 타협과 절충도 없다. 지금의 정치인들은 오로지 집권당에서의 영원히 기득권을 유지하는 재선, 아니 영구 집권뿐이다. 이 사람들은 4년의 의원 활동 기간이 왜 이렇게 빨리 돌아오는 거야? 할 것이다. 8년, 아니 자신이 그만두고자 할 때까지 계속 그 자리에 앉아 있고 싶을 것이다. 심지어는 법까지 고치고 싶겠지.

또 이들은 네가 죽어야 산다는 편협한 생각을 가지고 있다. 색깔로서 구분하고 타협도 억지로 한다. 사람들이 한 가지 색깔의 옷만 입을 수 있나? 검은색도, 흰색도, 무지개색 옷도 입을 수 있는 것이 민주주의다. 양반들만 색동옷을 입을 수 있는 때는 지났다. 서로 다른 것을 인정할 때 공존할 수 있으며 민주주의 선진국인 것이다. 21세기에 사는 19세기 인간들이 이들이다.

이제 시간이 된 것 같다.

"경호야 이제 슬슬 움직여야겠다." 나는 경호에게 전화를 걸어 우리의 거사에 대해 말했다.

"그래, 알라딘에서 만나 계획을 짜자." 우리는 짧은 대화로 약속을 잡았다.

늦여름, 이제 해도 점점 짧아지면서 저녁이면 싸늘함마저 감돈다. 금요일 알라딘으로 가는 청계천. 퇴근하는 사람들과 저녁을 먹기 위해 나온 사람들, 데이트를 하는 사람들로 도시 한복판이 활기차다. 묵묵히 자기 일에 최선을 다하는 이런 사람들이야말로 대한민국을 이끌어 가는 사람들이란 생각을 하게 된다. 2000년 초반만 하더라도 '웰빙'이라는 단어가 유행했다면 지금은 '헬'이 유행하는 단어로 변했다. 어떻게 몸과 마음의 편안함이라는 단어가 지옥이라는 단어로 변했을까? 참 안타까운 현실이 아닐 수 없다. 이런 나의 생각도 잠시 나는 S 의원을 어떻게 격리시킬지에 대한 생각에 빠졌다.

"어, 창호 왔냐?" 완준의 인사도 들리지 않았다. 알라딘 완준이 방에 어떻게 도착했는지도 모를 정도로 모든 나의 뇌 회로는 S 의원한테 집중되어 있었다.

"너는 무슨 생각에 빠져서 아는 척도 안 하냐?"

"와, 완준아! 여길 어떻게 왔는지도 모르겠다. 하하. 한 주 잘 보냈어?" 완준이의 말에 이제야 정신 차리고 인사를 건넸다.

"뭐 좀 먹을래?"

"시원한 맥주 한 병 줘라."

"술도 못 먹는 녀석이 어쩐 일로 맥주를 달래?"

"내가 오늘은 제정신으로는 대화가 안 될 것 같아서."

"야, 창호야! 네가 술을 다 먹고, 고민을 엄청 했는가 보네. 하하하." 경호가 문을 열고 나의 술 마시는 모습을 보며 말했다.

"말도 마라. S 의원만 생각하면 나의 인내심의 한계가 느껴질 정도다."

"난 내일도 장사는 망칠 것 같다. 내일 또 광화문에서 대규모 집회가 열린다네. 집회 있는 날은 공치는 날이다." 완준이도 한숨을 내쉬며 말했다.

"나도 내일은 나와 봐야겠어. 취재도 할 겸."

"근데 집회하는 건 좋은데 남의 가게 주위에 노상방뇨 하는 노인들 때문에 냄새가 나서 미칠 지경이다. 심지어는 계단에서도 볼일을 보고 가고, 간판도 부수고, 쓰레기도 가게 앞에 다 던져 놓고……."

"근데 저 노인분들은 이용당한다는 걸 알기나 알까?"

"아는 사람도 있겠지. 또 용돈벌이 하려는 분도 있을 테고."

"정말 정치한다는 인간들 머리에는 뭣이 들어 있을까? 선진국이 되려면 한참 멀었어. 우리나라는." 나, 경호, 완준이가 돌아가며 한마디씩 했다.

"60년대나 70년대에 비하면 정말 민주주의는 민주주의인가 봐? 저렇게 대통령 욕을 해도 멀쩡하잖아? 우리 어릴 때 생각해 봐. 대통령 욕하면 쥐도 새도 모르게 잡혀가고 고문당하고 간첩으로 몰리는 일이 비일비재했잖아."

"민주주의 맞지. 겉만 민주주의, 즉 도금된 민주주의인 거지. 경제적으로만 풍요로워졌지 조선 후기 양반사회와 다를 것이 없어. 돈을 주고 신분을 사던 시절. 신분을 사고, 즉 권력을 사서 그 권력으로 신분을 돈 주고 샀던 금액의 수십 배를 착취하잖아. 신양반사회가 현재 대한민국 같아. 돈으로 여론도 조작하고 눈과 입도 막고 역사까지 바꾸려 하잖아." 내가 완준이의 말을 거들었다.

"맞네, 신양반사회. 하하." 경호가 새로운 단어를 듣더니 크게 웃으며 리액션을 보였다.

"너 정치해 봐라." 완준이가 나를 보며 말했다.

"정치? 생각만 해도 짜증 나고 머리카락이 쭈뼛 서는걸. 나는 지금의 정치인들을 혐오해."

"그러면 전혀 다른 정치인이 되면 되잖아." 이번엔 경호가 말했다.

"전혀 다른 정치인? 날 감방에 가라는 말과 같군. 그들이 나를 가만히 두겠어?"

"그나저나 S 의원 스케줄 좀 파악해 봤니?" 나는 본론으로 들어갔다.

"알아봤지, 물론. 목요일은 제일 스케줄이 없더라구. 또 딸 문제며, 차명으로 투자한 부동산이며 머리가 아플 거야." 경호가 나의 물음에 대답해 주었다.

"그럼 네가 약속을 잡아 봐."

"그렇지 않아도 상대 당 의원의 큰 비리가 있다고 말은 해 놨고, 그 자료는 수집 중이라고 귀띔해 줬어. 그랬더니 좋아서 입이 귀에 걸리더라구. 참 저질이야."

"그러면 그 자료 넘겨주는 명목으로 날짜만 잡으면 되는 거네?" 나는 경호의 말에 다소 상기된 어조로 말했다.

"그렇지, 서울 근교에 S 의원이 차명으로 건물을 올리고 있거든. 거기서 만나면 될 것 같아."

"그거 좋은 생각이네. 꼭 혼자 오게 해야 한다?"

"물론이지." 나와 경호가 거사에 대한 세세한 논의를 이어갔다.

"S 의원도 두려운 게 있겠지?" 내가 완준이와 경호에게 물었다.

"뭔 뜬금없는 질문?" 완준이가 말했다.

"인간에게서 가장 두려운 게 뭘까?" 내가 다시 경호와 완준이게 물었다.

"죽음이지." 경호가 나의 말이 끝나기 무섭게 대답했다.

"그러면 자신이 죽는 시간을 안다면 어떨까? 특히 저 뻔뻔하기 짝이 없는 중늙은이 정치인이 일주일 후에 죽을 것을 안다면 저렇게 악어의 눈물을 흘리며 국민들을 기만할 수 있을까? 또 한 표라도 더 얻기 위해 거짓 웃음을 지으면 거리에 지나다니는 애한테까지 인사를 할 수 있을까?"

"절대 못 할 거야. 거짓 인생을 살았거든." 이번에는 완준이가 대답했다.

"왜 죽음을 두려워하는 걸까? 나는 또 이들에게 물었다.

"인간이 모르는 세상이니까? 죽음을 불행하다고 생각하니까?" 완준이가 나의 대답을 미리 알고 있었다.

"나는 전혀 죽음이 두렵지 않은데 말이야. 난 죽음이 불행이라고 생각하지도 않아." 이런 죽음에 관해서는 완준이와 경호와는 자주 대화를 나눴기에 이상하게 생각하는 사람은 없다. 우리 3인방에 한해서는…….

"죽음에 초연해지면 모든 종교나 정치의 권력은 힘을 잃게 되고 그렇게 되면 H 목사, S 의원 같은 사람도 다시는 나타나지 않겠지." 완준이가 명확한 답변을 해 준 듯해 기분이 좋았다.

"우리 세 사람 대화를 누가 들으면 꼭 한 번씩 죽어 본 사람들 혹은 저승사자들이 대화하는 것처럼 들릴 거야. 하하하." 경호가 웃으며 말했다.

3

드디어 S 의원과 약속한 목요일. S 의원과 약속한 2시간 전이다. 경기도 인근 건설 중인 오피스텔에 도착했다. 일몰 풍경이 한 폭의 그림 같왔다. 며칠 전 사전 답사를 다녀왔기에 낯설지는 않았지만 오후에 한차례 내린 소나기로 퀴퀴한 먼지 냄새가 코를 찔렀다. 지하철역에서 걸어서 10분 정도로 주변에는 많은 건물들이 올라가고 있었다. 정보를 어디서 얻었는지 오피스텔 위치가 너무 좋았다. 짓기만 하면 몇 배의 차익을 챙길 수 있을 것 같다는 생각이 부동산에 무지한 내가 봐도 알 정도였다. 권력을 이용한 정보력으로 배를 불려 가는구나 생각하니 또다시 화가 치밀었다. S 의원의 부동산 투기뿐 아니라 국회의원들은 주식에서도 빠른 정보력을 갖고 있다. 과연 누가 이렇게 여러 분야에서 이처럼 빠른 정보력을 가질 수 있겠는가?

나는 건물 1층에서 건물 위를 올려다보았다. 지상 16층, 지하 2층의 오피스텔. 우리가 만날 장소는 5층이다. 누구의 눈에 띄지 않기 위해 경호가 잡은 장소이다. 미리 5층을 가 보았다. 1층에 비해 전망이 훨씬 좋았으며, 큰 기둥들이 모양을 잡은 상태였고, 창틀과 난간도 거의 설치가 되어 있었다. 하지만 난간에는 섀시를 넣을 단계는 아니었으며 성인 허리 정도의 높이였다. 아래를 내려다보니 인간이 가장 공포감을 느낀다는 높이 정도였다.

저기로 떨어지면 죽을 수도 있고, 살 수도 있겠군? 하지만 바로 죽어서는 안 된다. 마지막으로 내가 S 의원에게 할 이야기가 많다. 5층을 둘러본 후 혹시나 하는 마음에 16층부터 지하 2층까지 다 훑어보았다. S 의원이 미리 사람을 보내 잠복시켰을 가능성도 있기 때문이었다.

드디어 약속한 시간인 9시가 다 되어 간다. 저 멀리 중형 세단이 상향등을 켜고 이 건물 쪽으로 다가오고 있다. 겁이 나는 모양이다. 칠흑 같은 어둠도 아닌데 상향등을 켜고 천천히 들어오는 걸 보니. S 의원을 뒤따르는 차는 없었다.

S 의원이 건물 위를 한번 훑어보더니 계단을 향했다. S 의원의 구두 소리가 5층에서도 들렸다. 한 걸음 한 걸음 발을 디딜 때마다 내는 소리가 S 의원의 감정이 실려 있는 듯했다. 평상시의 걸음걸이가 아닌 초조함이 묻어났다.

"의원님, 전망이 좋네요?" 나는 인사 대신 전망을 보며 S 의원에게 말했다.

"당신은 누구시오? 김경호 기자는 어디 가고?" S 의원의 목소리에는 강단이 없다. 집회에서 연설하던 철판 두들기는 듯한 까랑까랑한 소리는 온데간데없다. 겁을 집어먹은 것이다.

"김 기자가 보내서 왔습니다."

"그런데 왜 하필 여기서?" 마치 타짜가 밑장을 빼다 들킨 사람처럼 자신감이 없는 말투였다.

"이런 건물은 얼마쯤 할까요? 의원님."

"내가 어떻게 알겠소? 내가 건물주도 아닌데."

"아, 그러세요? 왜 장소를 여기로 했을까? 생각 안 해 보셨나요?"

"쓸데없는 소리 하지 말고, 서류나 주시오." S 의원은 다급하다. 겁도 잔뜩 집어먹었다. 혼자 온 것을 후회하고 있을 것이다.

"의원님 실례지만 연세가 어떻게 되시나요?"

"그건 왜 묻지? 예순 셋인데."

"그럼 얼마나 더 사실 것 같으세요?"

"그거야 모르지. 아직은 건강하니까 십 년 이상은 더 살겠지? 도대체 왜 그딴 걸 물어? 김 기자가 보내 준 자료나 줘 봐." S 의원이 시계를 들여다보며 짜증 섞인 말투로 말했다. 일부러 강하게 보이려고 말 속에 예의도 넣지 않았다.

"김 기자가 뭘 건네준다고 했나요? 난 그딴 거 없어요. 전 당신의 사망진단서를 받으러 왔는걸요."

"뭐, 뭐라고?" 의원은 아연 긴장된 기색으로 말을 더듬으며 말했다.

"감히 나를 협박해?"

"참 의원님들은 감히라는 말 정말 좋아하셔. 나 같은 평민들은 너무 싫어하는 단언데."

내가 S 의원 쪽으로 다가가며 말하자 S 의원은 올라왔던 계단을 등 뒤로 힐끔 보더니 뒷걸음질을 했다.

"이거 왜 이러나?"

"왜 겁먹으세요? 많은 사람들 앞에서는 그렇게 대범하시던 분께서." 나의 말이 끝나기도 전에 S 의원은 "사람 살려, 누구 없어요?" 소리를 치며 계단 쪽으로 뛰기 시작했다. 내가 계산한 행동 그대로였다. S 의원의 뒷덜미를 잡고 창가 쪽으로 끌고 갔다.

"내게 원하는 게 뭔가?" 물음과 동시에 S 의원의 주먹이 날아왔다. S 의원 주먹질은 초등학생도 피할 수 있을 정도로 느렸다. 나는 날아오는 팔을 잡고 업어치기로 기를 꺾어 버렸다. 다시 그의 뒷덜미를 잡고 난간으로 끌고 가 난간에 의원을 몸을 걸쳤다.

"의원님, 공자께서는 이렇게 말씀하셨어요. 도덕에 입각해 나라를 다스리면 마치 그 자리에 가만히 있는 북극성을 모든 별들이 떠받치고 움직이고 있는 것처럼 온 인민이 따른다고, 그런데 당신은 국민이 우습죠? 그동안 수고하셨으니 푹 쉬세요."

"내가 잘못했네. 살려 주게. 항상 양심의 가책은 느끼고 있었어." S 의원이 몸을 바르르 떨며 말했다.

"누구나 양심의 가책은 느껴요. 하지만 그 양심의 가책을 뉘우칠 용기가 없을 뿐이지."

이번이 세 번째 격리지만 S 의원은 죽음 직전까지 뉘우치는 기색이 없었다.

"정치인은 상어가 되어야 해. 물에 사는 동물 중에 유일하게 부레가 없지. 그래서 쉴 새 없이 움직여야 가라앉지 않지." S 의원이 괴변과도 같은 말을 늘어놓았다.

"그래요, 움직여야죠. 열심히. 그런데 말이에요, 의원님. 상어는 다른 동물에 피해를 주지 않고 움직여요. 당신처럼 국민들에 대못을 박으며 움직이지 않는단 말이에요."

나는 상체는 난간 바깥쪽으로 나가 있는 S 의원의 다리를 잡아 위로 올렸다. 중심이 앞으로 쏠리면서 S 의원이 1층으로 떨어졌다. 떨어지는 소리가 크게 들리면서 먼지가 일었다. 아래층으로 내려가 S 의원의 죽음을 확인했다. 바로 죽지 않길 바랐는데, 내가 당신한테 전할 말이 많은데 아쉽군.

"당신처럼 국민을 속이고 기만하여 얻은 부나 권력으로 행복해진다면 나는 백 번 천 번이고 그 행복, 사이코패스에게 주겠어요. 설령 또 당신들이 그렇게 해서 얻은 행복을 존중해 준다 하더라도 나는 우리의 이성을 그 행복보다 존중해요. 당신의 죽음으로 잠시 시끄러워지겠지만 변하지 않는다는 걸 알아요. 당신은 새의 깃털에 지나지 않으니까." 이렇게 S 의원을 격리시켰다.

대중교통을 이용해 나의 오피스텔에 도착하니 역시나 냐옹이가 마중 나와 있었다. 먼발치에서도 알아보고 나를 보며 '야옹야옹' 울어 댄다. 내가 쓰다듬어도 냐옹이는 나에게서 시선을 떼지 않았다.

"걱정하지 마, 냐옹아!"

냐옹이가 나의 손을 핥아 주었다. 내가 일어서자 따라 일어서며 또다시 나를 에스코트해 주는 냐옹이. 오늘은 너를 집에 재우고 싶은데 미안하다. 엘리베이터 문이 닫힐 때까지 나를 바라보고 있는 나의 아테나.

나의 방에 들어서는 순간 모든 기운이 순식간에 빠져나갔다. 내일이면 모든 1면이 S 의원 죽음으로 도배가 되어 있을 것이다. 내가 무의식에 빠져 있을 동안에. 평상시와 달리 내일은 주말이 아니라 미리 휴가를 제출한 상태다. 30시간 동안 잠에 빠진들 기절한들 상관없다.

또다시 나는 어둠을 헤매고 있다. 한 줌 빛을 보고 걸어가고 있다. 사람들은 처음과 달리 느긋함이 사라지고 겁에 질려 허둥대고 있다. 눈은 허둥대는 사람들을 보고 있지만 발걸음은 사자와 호랑이가 있는 곳으로 걸어가고 있다. 사자와 호랑이가 보였다. 그런데 이상하다. 동물원 울타리가 망가져 있었다. 그제야 사람들이 왜 겁에 질려 있는지 알 것 같았다. 사자와 호랑이가 나를 보더니 잰걸음으로 나에게 다가왔다. 그전에 보이지 않던 거대한 이빨과 발톱을 드러내며 나에게 겁을 주고 있다. 점점 자연성을 찾아가고 있다.

4

자명종 소리에 잠을 깨어 보니 6시 30분. 역시나 옷이며 침대며 땀으로 젖어 있었다. 하지만 점점 악몽을 꾸었다는 느낌은 없다. 전화를 들여다보니 완준이와 경호, 재훈이의 부재중 전화가 와 있었다.

"무슨 일이니?" 평상시처럼 완준이게 전화를 걸었다.

"인터넷 열어 봐. S 의원 사망 사건으로 나라가 시끄럽다." 완준이가 나의 예상대로 말했다.

"그래, 오후에 알라딘으로 갈게." 이렇게 간단히 전화를 끊고 전화기를 열어 뉴스를 보았다.

실시간 검색어 1위부터 5위까지 S 의원 사망 관련이었다.

S 의원 타살, S 의원 추락사, S 의원 오피스텔 추락, S 의원 의문의 타살, 그리고 경기도 모 오피스텔.

역시 예상한 대로 S 의원의 사망 사건은 온 나라를 시끄럽게 만들었다. 그로 인해 온갖 음모론과 카더라 기사가 쏟아지고, 기사가 기사를 덮고 있었다.

'오늘 또 집회가 있는데 더 시끄럽겠군.'이라고 혼자 중얼거리며 나갈 채비를 했다. 알라딘으로 향하는 중에 중요 매체 기사를 대부분 다 읽어 보았다.

"S 의원 경기도 건축 현장에서 의문의 추락사, 타살 가능성 높아……"

현직 국회의원이 타살되어 온 언론이 시끄럽다. 그 대단한 공권력에 도전했기에 온 나라를 뒤집어서라도 범인을 찾겠다는 심산이다. 그의 비리가 백화점에 입점한 브랜드 매장 수보다 많아도 아랑곳하지 않고 반성도 없다. 반성은커녕 같은 당 의원들은 이번 사건을 상대 당의 짓으로 몰며 정치적으로 이용하려고 한다. 언론도 이에 맞춰 기사를 내고 있다.

알라딘에 도착하니 경호는 벌써 와서 맥주를 마시고 있었다.

"너희들 일찍 와 있었구나? 집회 때문에 전철에서 내려 여기까지 오는데 20분이나 걸렸다." 나는 태연하게 인사를 했다.

"그래, 잠은 잘 잤니? 다친 데는 없고?" 역시 완준이가 나의 안부를 물었다.

"어, 괜찮아."

"저번 H 목사 기사도 그렇고 이번 S 의원도 마찬가지로 왜 사실을 쓰려고 하는데 자꾸 막는지 모르겠다. 그렇게 권력이 무서운가? 그럴 거면 왜 언론사를 만들었는지 모르겠다." 경호가 답답한 마음에 넋두리를 쏟아 냈다.

"그래, 경호야. 넌 너무 사실대로 기사를 써서 킬 당하는 거야." 역시 완준이의 정곡을 찌르는 대답이었다.

"요즘 내가 읽는 소설에 이런 말이 있더라. '진실은 소설 속에 존재하고, 거짓은 신문 속에 존재한다.'라고. 외국 소설인데 이런 말이 있는 거 보니 외국에도 한국과 별반 다를 게 없는 모양이야. 하하." 나는 경호의 말에 위로랍시고 말했다.

"그런가 보네."

"경호야 너도 네가 쓰고 싶은 기사를 소설로 써 보는 게 어때?" 나는 경호에게 진심으로 제안했다.

"정말 그러고 싶네. 그래 볼까? 구미가 확 당기네, 하하." 경호도 마음에 동요되는 듯 대답했다.

“진짜 써 봐. 그래서 기자 출신 작가들이 많은 게 아닐까? 넌 글재주도 있고, 보고 느낀 너만의 소재가 무궁무진하잖아?” 나는 흔들리는 경호의 마음에 불을 질렀다.

“그런데 걱정이다. S 의원 사망에만 초점이 맞춰지고 있어서 모든 비리가 묻힐 것 같아.”

“나도 창호 네 생각과 같은데.” 완준이가 나의 걱정에 동의했다.

“지금 밖을 봐. 저 사람들 시위가 더 심해졌어. 한통속인 국회의원이 바람 잡으니까 다 그런 줄 알고 있어. 내가 곧 제대로 된 기사로 사실을 알릴 거야.” 경호가 단호하게 말했다.

“저 국회의원이라는 사람들은 일은 안 하고 오로지 여론몰이에만 힘을 쓰고 있으니 한심하다, 정말.”

“S 의원 타살 증거 확인, 그러나 범인은 오리무중” 며칠이 지나도 S 의원 기사가 줄어들지 않고 있다. 그러던 중 경찰서에서 경호에게 참고인 조사를 받으라는 통보가 왔다.

최근 몇 달간 S 의원과 접촉한 사람이 있으면 모두 참고인 조사를 받았다. 경호도 사건 발생 며칠 전 S 의원과 통화를 했기에 당연히 조사 대상이었다. 또 재훈이에게 부탁해 S 의원 죽기 전 SNS을 통한 S 의원에게 18원 후원금을 보내기 운동을 펼쳤고, 또 영수증 달라는 문자를 며칠

간 보내게 만들었다. 그로 인해 S 의원과 전화 혹은 문자를 주고받은 사람이 만 명 가까이 되었고, 조사 대상을 추리는 일도 만만치 않았을 것이다.

경찰서에서 전화를 받은 다음 날 경호는 조사를 받았다. 하지만 전혀 긴장되거나 주눅 들지도 않았다. 오히려 너무 당당했다. 10년 이상을 제 집처럼 드나들었던 사회부 기자가 그 정도 조사로 주눅이 들겠는가! 게다가 경호가.

보통 죄가 없어도 경찰서에서 조사를 받으면 시선이 오락가락하거나 손에 땀이 나서 무릎에 땀을 닦거나 바지를 움켜쥐는 등 빳빳하게 다림질한 바지를 입고 와도 며칠 입은 옷처럼 바지 무릎 쪽에 구김이나 때가 타 있는 법이다.

경호가 나 때문에 참고인 조사까지 받게 돼서 나는 괜스레 미안한 마음이 들었다. 하지만 이내 미안한 마음은 사라지고 경호도 나와 같은 부류라고 스스로 위로했다.

오늘은 목요일. 공부방에 가는 날이다. 저번 주 목요일은 S 의원 일로 휴강을 했었다. 화요일과 목요일 공부방에서 아이들과 토론하는 것이 너무 즐겁다. 화요일은 초등학생이며 목요일은 중·고등학생으로 검정고시를 준비하는 학생들이다. 말이 학생이지 나이로는 대부분 스무 살이 넘은 성인들이다.

공부방에 들어서니 몇몇 학생들이 와 있었다. 모두들 직장이나 아르바이트를 하며 공부를 하는 학생들이라 전원이 모이는 법이 드물다.

"안녕, 진서, 민서야. 일찍 왔구나?" 형제인 진서와 민서에게 인사를 했다.

"안녕하세요, 선생님. 저번 주에는 무슨 일 있으셨어요?" 진서가 나의 안부를 물었다.

"아니, 개인적인 일이 있어서."

우리는 간식을 먹으며 다른 학생들이 오기 전까지 이야기를 나누었다. 수업시간인 8시가 다 되자 학생들이 하나둘씩 모이면서 교실에 온기로 꽉 차고 있었다. 늦은 여름이라 에어컨 없이 선풍기로만으로도 괜찮았지만 한여름에는 숨이 막힐 정도였다.

"우와, 오늘은 8명이나 모였군. 한 주 안 봤다고 다들 내가 보고 싶었던 모양이네. 하하하." 나는 실없는 농담을 시작으로 수업에 들어갔다. 나의 주 과목은 수학과 물리 그리고 한국사와 사회를 가르친다. 오늘은 수학과 한국사가 있는 날이다. 수학은 주입식이라 어쩔 수 없이 나의 문제 풀이를 보고 풀지만 한국사는 거의 토론 위주의 학습을 하고 있다.

"선생님, 저는 지금 일본이 하는 행태가 이해가 안 돼요. 왜 지들이 잘못을 해 놓고 오히려 큰소리를 치고 있고…… 보복을 행하는지 뉴스만 보면 화가 나요. 거기에 동조하는 보수 정치인들은 더더욱 꼴 보기 싫고요." 진서가 격한 어조로 토론을 시작했다.

"일본의 정치인들이나 한국의 정치인들은 내가 보건데 거의 똑같아. 국민들보다 자신의 안위와 권력만 생각하고 있어. 본인들이 권력을 가진 사람이 아닌 국가에 봉사하는 사람이라고 생각해야 되는데 말이야. 그들이 독일이나 유럽 선진국처럼 국민을 위한 봉사하는 사람이라고 생각할 때 비로소 나라도 도금된 민주주의, 도금된 선진국이 아닌 진정한 순도 99.9%의 순금이 되는 게 아니겠어?" 나는 차분한 어투로 나의 생각을 말해 주었다.

"또 진서가 말한 보수 우파이든, 진보 좌파이든 상관없이 어느 쪽이든 정권을 잡으면 낙하산 인사가 판을 치고 있어. 그들만의 잔치에 국민은 없고, 검증도 안 된 사람들이 정권을 잡는 데 도움이 됐다고 판단되면 공공기관의 요직이나 꿀보직에 앉는 혜택을 누린단 말이야. 거의 40년을 한 직장에서 봉사하며 성과를 일궈 내도 오를 수 없는 자리를 그들은 밀실에서 금방 결정을 해 버리지. 이러니 자신의 임기 동안 자신의 배만 불리고 나가면 그만이고, 국민의 세금은 그들의 쌈짓돈이나 다름없지 않겠어? 그러니까 매번 선거철만 되면 총성 없는 정권 쟁탈전이 벌어지고 있지." 나의 말에 모두들 고개를 끄덕였다.

"선생님 그러면 일본은 어떻게 될 것 같아요?" 이번엔 동생인 민서가 질문을 던졌다.

"일본도 한국과 별반 다를 게 없다고 생각해. 국민들보다 정치하는 인간들이 일본을 망치고 있어. 지금 일본이 행하는 보복 행위는 고스란히 국민의 고통으로 되돌아가고 있지. 일본 경제는 지난 20년간 디플레이션이 지속됐고, 증세가 추진되면서 많은 국민들의 생활이 궁핍해졌어. 그 와중에 한 줄기 빛으로 존재하는 것이 바로 관광사업인데, 이마저도 최근 한일 관계가 악화되면서 한국 관광객 숫자가 급감하고 있지. 이에 타격을 입는 지역과 관광업 종사자가 늘어나고 있어. 대체 누구의 이익을 위해서 정부는 이러한 외교적 자세를 관철하고 있는지 모르겠어. 지금 일본 정부의 외교정책은 다시 말해 '목표'가 보이지 않는 상태 같아."

"선생님 말씀 들어 보니 20년 전에는 일본이 경제대국이라고 했는데 최근에는 그런 말 쓰는 사람이 없네요." 학생 중에 가장 연장자인 경수가 말했다.

"한국과 일본의 정치인들은 하나같이 국민을 볼모로 정치를 하거든. 자신의 이익을 위해서는 국민의 괴로움 따위는 안중에 없는 것 같아." 토론은 점점 진지해졌다.

"그런데 이런 상황에서도 일본을 옹호하는 인간들은 도대체 무슨 생각일까요? 이해가 안 돼요." 경수가 말문이 터진 듯 격한 어조로 말했다.

"그건 오로지 자신의 안위와 영달만 위하고 국가는 그다음이라고 생각하기 때문 아니겠어? '한국이 일본 덕에 중국 속국에서 벗어났다느니', '식민지가 안 됐다면 지금의 한국은 없었다느니', '위안부 합의는 외교적으로 잘한 협상이라느니' 등등 자기의 주관적인 생각을 말했다기보다 식민사관에 빠진 막말에 지나지 않아."

“그런 사람들은 제발 정치 좀 안 했으면 좋겠어요.” 진서가 나의 말에 자기의 의견을 보탰다.

“맞아. 이런 편협하고 자기 이익만 추구하는 사람은 정치를 할 자격이 없어. 국민은 풀이고, 정치인들은 바람이라 바람에 따라 풀이 눕는 것처럼 이들의 생각과 행동에 따라 국민의 삶은 달라지거든.”

“자, 여기까지 하고 지난주 내가 수업을 못 한 벌로 한턱낼게. 나가자.”

“와우! 좋아요.” 모두들 가방을 싸고 주변을 정리하고 교실을 빠져나왔다.

7. 교육, 자연으로

교육이 죽으면 모든 것이 끝이다

교육의 시작은 사랑과 타인에 대한

존중에서부터 온다

1

"오늘은 동동주 어때?" 인사동 길을 걷다 동동주 집을 보고 대학 시절의 추억이 떠올라 학생들에게 제안했다.

"좋네요. 분위기도 딱이고!" 모두들 환하게 웃으며 찬성했다.

동동주를 담은 항아리가 탁자에 놓이자 항아리 속 표주박이 어릴 때 접었던 종이배처럼 왔다 갔다 앙증맞게 움직였다. 파전과 고갈비도 당도하자 학생들의 침 넘기는 소리가 들려왔다.

"이 집이 내가 대학 때 자주 오던 곳인데 변한 게 없네. 맛도 그대로고."

"우와, 동동주 맛이 끝내주네요. 파전 맛도 다른 곳과는 확실히 틀리네요." 민서가 동동주를 들이켜고 파전을 먹으며 말했다.

"민서야! 틀리다가 아니라 다르다."

"아, 네. 틀리다 아니고 다르다. 하하."

"이런 걸로 꼰대 같다고 생각 말고 들어 봐. 언젠가는 말하고 싶었던 주제였어."

"대한민국은 이상하게 다름과 틀림을 혼동하는 것 같아. 다르다, 즉 different이며 틀리다는 be wrong 혹은 be mistaked로 의미와 단어가 확연히 다른데 말이야. 하지만 대한민국 사회는 의미를 혼동하여 쓰는 경우가 너무 많아. 아니, 다른 의미인 줄 알면서도 쓰지. 다름과 틀림을 혼동하여 쓰는 나라는 거의 없을 거야.

다름은 흑인과 백인, 장애인과 비장애인, 부자와 가난한 자 등등 비교대상이 있어 같지 않음을 뜻하고, 틀림은 1+1=3, 한국은 유럽에 있다 등 셈이나 사실 따위가 그릇된 것을 말하잖아. 그런데 왜 대한민국 사람들은 알면서 혼동할까? 나는 말실수일 수도 일지만 우리의 사고를 지배하고 있는 문화에서 온다고 생각해. 우리의 교육에서부터 기인했다고 생각되고. 답이 확실한 수학이나 물리 같은 경우는 정답이 있어 맞고, 틀림이 확실하지.

하지만 다른 과목의 경우는 정답이 없어. 모범 답이 있을 수 있지만, 정답은 존재하지 않지. 우리가 정답이라고 착각하게 만드는 우리의 교육이 문제야. 선생님 말이 곧 정답이고 정답이 없는 시험에서도 점수도 0점을 주잖아? 토론이 없어 많은 사람들의 의견을 들어야 할 과목에서도 선생님 말만 정답이라고 여기는 주입식 교육 말이야. 토론 없는 교육은 교육이 아니거든. 자신의 판단력을 키워 주는 것이 진정한 교육의 목표가 되어야 하며, 어떠한 사물이나 이론에 있어서 자신만의 판단을 가르쳐야 하는데 말이야.

다름과 틀림을 혼동하니까 차이와 차별도 혼동하여 쓰고 있는 것 같아. 황인종인 우리나라 사람이 흑인종을 보고 얼굴이 까맣다고 거리를 두고 심지어 놀리고 조롱하기도 서슴지 않잖아. 지금은 글로벌시대로 좀 개선이 되었지만 말이야. 다른 것을 틀린 것으로 생각하거든. 우리도 유럽에 가면 똑같은 유색인종인 것을…… 똑같이 당해 보면 그 사람의 맘을 알까?

지금 내가 말한 예시는 단순 애교 정도지. 장애인을 틀렸다고 보는 시선, 성소수자를 이상한 외계인으로 보는 시선, 심지어 가난한 사람을 인생 낙오자로 보는 시선을 다름을 틀림으로 보는 우리의 오만에서 오는 편견이지. 성소수자들의 입장을 존중할 수 없는 국가는 민주국가가 아니고, 다양한 세계관을 가진 사람들이 자신들의 가치를 주장하며 살 수 없다면 민주사회가 아니야.

다름이 차별이나 미움의 이유가 될 수는 없어. 되어서도 안 되고. 단지 우리와 정체성이 다를 뿐이지, 혐오와 차별의 대상이 아니란 말이지. 또한 나와 생각이 다르다고 틀렸다고 생각하는 사람들이 많아. 아무리 적은 수의 의견이라도 그 안에는 배울 점이 있고, 너는 맞고 나는 틀렸다가 아닌 우리 모두 다르다인 것일 뿐이야. 틀리다 생각되면 그것을 고쳐서 오답을 정답으로 고치면 되고, 다르다고 생각되면 그것을 이해하고 인정해 주면 되거든." 나는 그동안 말하고 싶은 내용을 쉼 없이 말했다.

"선생님 말씀에 동감해요."

"저도요."

"정말 우리가 여태 잘못 생각하고 그냥 지나치고 살았네요." 경수, 진서, 민서 등 모두가 내 말에 동의해 주었다.

"지금 너희들은 잘못이 없어. 기성세대들의 잘못이지. 하지만 나나 너희들이 바꿔야 할 몫이지. 기존의 교육은 정말 잘못되었다는 걸 너희들도 느끼잖아?"

"맞아요. 또 교육 자체보다 학교, 학원 등도 너무 불평등해요. 우리같이 흙수저들은 권력이 있거나 재산이 많은 부모를 둔 아이들에게 이길 수가 없어요. 그래서 공부를 포기하는 학생도 더 많아지고 있고요." 경수가 풀이 죽은 듯 말했다.

"그래, 경수 말이 맞아. 인생은 각자의 출발점이 있으며, 각기 출발점이 다르지. 소위 말하는 금수저 자식들은 앞서 달리지만 흙수저 자식들은 뒤에서부터 인생을 출발하거든. 그건 그렇게 태어나고 싶어 태어나는 사람은 없기에 인정해. 하지만 인생의 향로(向路)에서 발을 걸어 넘어뜨리거나 물건을 던져 상처를 입히는 반칙은 범하지 말아야지. 스포츠에서도 그런 반칙은 실격으로 처리하고 반칙패를 주잖아? 인생을 달리는 향로에서 제발 반칙은 하지 말아야지. 일등으로 골인하든 그렇지 않든 관여치 않을 테니 말이야."

"선생님, 맞아요. 있는 사람들이 반칙을 더 많이 해요." 진서가 고개를 끄덕이며 말했다.

"권력이나 돈이 많은 사람들, 특히 사학재단을 운영하는 자식들을 봐. 다들 선진 교육을 위해 외국으로 유학을 가고 거기에서 석사·박사학위를 취득하고 심지어는 국적까지 변경하잖아. 이들은 누구보다 대한민국의 교육이 잘못되어 있다는 것을 알고 있어. 하지만 교육이 바로잡히면 그들의 기득권은 놓아야 하기에 교육을 바로잡지 못하고 있어. 그게 다 돈이니까."

"정말 그러네요. 국회의원 자식들 대부분도 다들 외국에서 공부를 해요. 심지어 한국사, 한국어 박사학위도 미국에서 받아 오는 사람도 있더라고요. 하하." 경수가 본인이 말하고도 어이없다는 듯 웃으며 말했다.

"마지막 일본 제국주의 총독 아베 노부유키가 이렇게 말했어. '우리는 패했지만 조선은 승리한 것이 아니다. 장담하건대, 조선민이 제정신을 차리고 찬란하고 위대했던 옛 조선의 영광을 되찾으려면 100년이라는 세월이 훨씬 더 걸릴 것이다. 우리 일본은 조선민에게 총과 대포보다 무서운 식민 교육을 심어 놓았다. 결국은 조선인은 서로 이간질하며 노예적 삶을 살 것이다. 보라! 실로 조선은 위대했고 찬란했지만, 현재 조선은 결국 식민 교육의 노예로 전락할 것이다. 그리고 나, 아베 노부유키는 다시 돌아올 것이다.'라고. 믿기 싫지만 아베 노부유키의 예언이 너무나 꼭 들어맞기에 소름이 끼칠 정도야. 더 불안한 것은 100년도 더 걸릴 수도 있다는 불안한 생각까지 든단 말이야."

"정말 100년 더 걸릴 거 같네요. 70년 이상이 지난 지금도 변한 게 없으니까 말이에요." 듣고만 있던 민서도 한마디 거들었다.

"2006년 당시 여당 의원들은 야당이 사학법 개정을 시도하자 결사 항쟁으로 막았었지. 조금 전에도 말했듯이 이유는 간단해. 사학재단이 기득권 세력 중에 큰 부분을 차지하고 있기 때문이지. 악의 무리들이 자신들의 이득을 위해서는 공고히 결합하거든. 법률적으로 경제적으로 문화와 사회적으로 그들만의 리그를 만들어 독점하고 그들만이 나누어 누리고자 하거든. 가장 강력한 권력이 '기득권'이며 이 기득권에 도전하는 자는 무참히 짓밟고, 무리를 동원해 일명 개돼지 취급도 서슴지 않아. 이런 현상이 곧 2500년 전 소크라테스의 독배와 유사해 보이거든. 아무리 존경받고 위대한 인물도 이렇게 기득권자들에 도전하거나 기득권을 없애려고 시도하는 자들을 마녀사냥 하듯 무슨 수를 써서라도 처치하기 위해 결집해. 성인 소크라테스처럼 무수히 많은 사람들이 그 죽음의 독배를 마시며 기득권 앞에 무릎 꿇고 죽어 갔어. 기득권자 중에 국가 원수를 만들어야 기득권 유지가 용이해지고 이 기득권자들에게 이용당해 꼭두각시처럼 배만 부르게 해 주면 좋아하는 사람들의 광대 짓을 보고 속으로 비웃고 있단 말이야. 다음과 같은 것이 바로 아베 노부유키가 하려던 사상 교육이고, 많은 것을 그리고 제대로 된 교육을 시키면 안 되는 이유가 여기에 있었어. 우물 안 개구리 식 교육을 시켜야 하고, 개구리는 우물 밖으로 나와서 더 넓은 세상이 있다는 것을 알면 안 되거든. 아직도 이런 식민지 교육을 이 기득권자들이 보유하는 사학재단에서 여전히 행하고 있어. 진정한 교육은 그들에게 필요 없거니와 있어서도 안 되는 거지. 이 개구리들은 그저 학비나 잘 내는 돈으로만 보일 뿐이야. 돈 받고 빨리빨리 졸업장만 주면 그만이지. 졸업장 장사에 여념 없어. 졸업장 장사꾼."

"국민의 등에 상아탑을 꽂고 있군요?" 경수가 나의 말을 다 들은 후 핵심의 한마디를 했다.

"교육이란 각 개인의 창조적인 소질을 발견하고 계발해 나가게 도와주어야 하는데, 그것은 어떤 주제에 있어서 자기의 생각과 다른 사람의 생각을 서로 말하고 듣는 토론에서 발견할 수 있지. 하지만 지금의 대한민국 교육은 암기 위주의 교육이라 시간이 지나면 사라지고 또 창조적이지 못해서 자기가 어떤 분야에 소질이 있는지 알 수가 없어."

"지금도 일본이 한국에게만은 기고만장한 이유가 있어. 우리나라를 714회나 침략했던 일본은 여전히 우리나라를 호시탐탐 노리고 있어. 총칼로 침략하지 못하니 교육과 사상으로 우리나라 국민의 뇌를 침략하고 있어. 대한민국의 우수한 인재를 골라 수천억에서 1조까지 지원해 주며 돈으로 일본의 편에 서라고 한단 말이야. 신친일파를 만드는 데 혼신을 다하고 있고, 이렇게 지원을 해 준 사람들을 기득권층으로 들여보내서 국회의원을 만들고 사학재단을 만들고 순진한 국민에게 선동질을 이어가는 중이야. 이렇게 만들어진 신친일파들은 "한국은 일본 덕에 중국의 속국에서 벗어났다", "식민지 안 됐으면 지금의 한국은 없었다", "위안부 합의는 외교적으로 잘한 협상이다", "위안부는 매춘이며, 일본은 가해자가 아니다" 등등 망발을 일삼고 있잖아. 이 모두가 교육을 받지 않은 사람의 입에서 나온 게 아니야. 몰상식하고 영혼을 팔아먹는 지식인층에서 나온 말이라 파급력은 어마어마하지." 나는 동동주를 들이켜 목을 축이며 열변했다.

"오늘 교육은 공부방이 아니라 여기서 더 많이 하네요?" 내가 동동주를 마시자 모두들 나를 따라 술잔을 들며 말했다.

"내가 생각하는 진정한 교육은 이런 거야. 자신의 생각을 말하고, 다른 사람의 생각을 듣고 자신의 생각을 정립(定立)하는 그런 교육 말이야."

"대한민국 사람들의 지능지수, 즉 우리가 말하는 IQ는 세계에서 거의 톱을 유지하는데 왜 노벨상 수상자가 없을까? 김대중 전 대통령이 수상하신 노벨평화상이 최초잖아? 1,500만으로 세계 인구의 0.2%에 불과한 유대인은 전체 노벨상 수상자의 22%를 배출했어. 그들의 교육은 독서하고 토론하고 사색으로 이어지지. 반면 우리나라의 교육은 최악의 교육이지. 질문 없기로 유명한 교육이며, 질문이 없다는 것은 생각이 없는 것이고, 사람들은 교육받은 대로 생각하거든, 그런데 그런 생각은 가르치는 사람의 생각이지 본인의 생각은 없다고 봐야지. 생각 없는 교육은 공허하기 짝이 없지. 지혜 없는 지식만 욱여넣고 있어." 나는 우리나라의 교육을 신랄하게 비판했다.

"중국 교육도 많이 변해 가고 있어. 우리가 생각하기에는 우리보다 후진국이고 국민 수준이 낮다고 생각하지만 그렇지 않아. 현재는 우리나라보다 뒤처져 있지만 그 격차도 크지 않고, 머지않아 중국은 우리나라를 넘어설 거야. 지금 중국에는 1800개 이상의 공자(孔子)학교가 있고, 인도에는 간디학교가 있지. 이런 학교에서는 배움이 곧 즐거움이고, 자연이 곧 선생님이지. 우리나라에도 대안학교들처럼 입시 위주의 공부가 아닌 배움 자체를 즐기는 학교가 생겨나고 있지만 제도권에 들지 못해 국가의 도움을 받기가 힘들어. 기득권층의 사학재단이 이들을 좋게 보지 않아. 종교로 치면 이단인 셈이지."

"공자학교, 간디학교 들어 봤어요." 진서가 귀를 세우며 듣다가 말했다.

"우리나라에서는 간디학교라고 대안학교의 상징처럼 비치고 있지. 이들 학교는 서울대를 가든 장사를 하든 그런 학벌이 중요하다고 생각하지 않고, 선생님들도 제도권에서는 행정이나 사무에 빠져 학생들에게 투자할 시간은 거의 없어. 지금의 어떤 교육도 대학입시 때문에 될 수가 없지. 그곳에는 학교보다 아이들의 행복을 훨씬 중요하게 생각하고, 학벌을 위해 희생하는 체제를 지양하고 있어. 간디학교 졸업생이 이런 말을 했는데 감명받았어. 들어 볼래?"

"네, 선생님. 말씀해 주세요."

"'종지에 물이 가득 차 있다고 생각하자. 돌멩이를 던지면 물이 요동치면서 그릇이 깨어질 수도 있을 것이다. 대신에 큰 그릇에 돌멩이 하나 던지면 퐁당 하고 말 것이다. 이곳에 오기 전 나는 어떤 그릇이었느냐에 대해 많은 생각을 했다. 10년 전 나는 작은 종지 같았다. 지금은 그 종지가 커지고 단단해졌다. 또 자연의 힘을 믿으라는 말을 하고 싶다. 수업에 들어가지 않고 숲속에 들어가 낮잠 한숨 자고 나오면 개운했던 적이 있었다. 기숙사가 학교와 조금 떨어져 있었는데, 산에 올라가기 싫어 많이 싸운 적도 있었다. 숲은 은신처가 되기도 했다. 지리산 종주 때 자연이 그런 힘을 가지고 있다는 것을 느꼈다. 자연과 교감을 하고 나면 마음이 편안해진다. 지치고 힘들 때 자연을 찾아가 그곳에 있으면서 또 다른 힘을 얻었다.' 너무 멋진 말이지 않니? 난 너희들도 작은 돌 하나로 깨지는 종지가 아닌 크고 단단한 그릇이 될 거라 믿어. 내 제자니까. 하하하. 또 한마디 더 붙이더라. '입시 생각에 가득 차 있는 학생과 학부모는 오지 않았으면 한다.'라고. 내가 하고 싶은 말이었어." 나는 아이들에게 농을 섞어 가며 말했다.

"저도 저런 학교에 다니고 싶네요. 부모님이 계시다면요. 하하." 제일 어린 민서가 씩씩하게 말했다.

"지금의 학생들 너무 불쌍해. 학교 수업에 학원에 방학도 없고, 시험 또 시험. 자기 자신이 뭔지도 누구인지도 모르면서 황금 같은 학창 시절을 이런 식으로 보내니 말이야. 그런데 이들이 무슨 잘못이 있겠니? 다 기성세대인 부모들의 욕심 때문이지. 좋은 학교 가서 좋은 직장에 다니는 것이 행복이라 생각하는데, 그것도 행복일 수는 있지만 그런 생각이 작은 종지 같은 생각 아닐까? 또 부모들 자신이 편하려고 또는 원망 듣지 않으려고 학원을 수도 없이 보내고 있어. 아이들 의향도 묻지 않고 말이야."

"저는 대안학교에 다니는 것도 부럽고, 제도권 학교에 다니는 것도 부러워요. 일단 부모님이 계시고 직접 어린 나이에 돈을 벌며 아등바등 살지 않아도 되니까요." 경수가 기가 죽은 듯 말했다.

"경수 형! 그런 생각하지 말자고요. 형보다 더 어린 저랑 민서도 있는걸요. 하하하." 진서가 어른스럽게 경수를 위로했다.

"그래, 맞다. 미안하다 진서야. 하하하."

"또 돈이 많은 사람들이 학벌, 즉 졸업장이 필요하면 당당하게 기부입학제를 만들어 학교에 다니라고 말하고 싶다. 그 기부금으로 공부하고 싶은데 돈이 없어 못 하는 사람들에게 장학금으로 주면 되지 않을까? 자본주의 사회의 불평등이라 말할 수 있겠지만 어차피 기부입학으로 들어온 학생들은 노력해서 들어온 학생들을 이길 수 없거든. 어차피 뒷구멍으로 들어올 거면 차라리 그런 제도를 만들었으면 좋겠어."

"저도 선생님 말씀에 찬성이에요."

"인기 있는 학교로 몰릴 수도 있다는 염려도 있지만 충분히 그건 해결

할 수 있다고 생각해."

이렇게 우리는 시간이 어떻게 지나간 줄도 모르게 있다가 새벽 두 시쯤 헤어졌다.

나는 소위 교육자라는 사람들을 좋아하지 않는다. 대한민국의 교육은 이미 오래전에 죽었다. 부산에서 초·중·고를 나올 때도 그랬고, 대학에서도 그랬다. 그들은 학문적 호기심이나 열정 따윈 없었고, 학생 위에 서서 어깨에 힘만 들어간 권위적인 사람들뿐이었다. 그들이 배운 교육도 일제로부터 세뇌당한 주입식 교육이었고, 배운 게 그러하니 가르침도 외워서 가르치는 게 전부였다. 토론하는 교육은 개에게 주려 해도 없는 사람들이었다. 간혹 있다 해도 시험 점수를 올리는 데 급급해 금방 초심을 잃고 변질되었다. 이것이 현재 대한민국의 교육이다. 벼락치기를 해도 점수 잘 받는 교육. 참 쉽고 우스운 교육이다.

2

어제 늦게까지 아이들과 토론을 한 탓에 10분 정도 늦게 출근했다. 재훈이와 김 대리는 미리 출근해 커피를 한 잔씩 들고 대화를 나누고 있었다.

"이 과장님, 오늘은 조금 늦었네요?" 재훈이가 먼저 나를 보고 인사를 했다. 재훈이는 언제나 나를 향해 레이더를 켜 놓은 듯 나의 냄새를 기가 막히게 잘 맡는다.

"이 과장님, 오셨어요? 여기 커피 드세요." 김 대리가 나에게 커피를 건네며 인사했다.

"김 대리가 이 과장님이 아직 안 오신 것 같다며 후다닥 달려가서 커피를 한 잔 더 사 왔어요."

"고마워, 김 대리."

"우리 날씨도 시원해졌는데 주말에 야외로 놀러 가요." 김 대리가 내가 고맙다고 말하자마자 제안했다.

"어? 어." 나는 또 버벅대며 말이 아닌 소리를 내었다.

김 대리는 한 달에 한 번씩은 꼭 나에게 주말에 놀러 가자고 프러포즈를 했다. 단둘이 있을 때가 아닌 여러 사람이 있을 때.

"아, 그거 좋은 생각이네. 그런데 난 처가 식구들과 약속이 있어서……." 재훈이는 김 대리의 의도를 알기에 이 말을 남기고 자리를 비켜 주었다.

"이번에는 핑계 대지 마세요."

"어? 어, 그래 가자." 나는 얼떨결에 동의했다.

"아싸! 이 과장님 차 없으시니까 제가 내일 아침에 집 앞으로 갈게요." 김 대리가 쐐기를 박았다.

토요일 아침 8시 50분, 이제 가을이 온 것 같다. 서울에서 맡기 힘든 공기였다. 나는 10분 정도 일찍 나와서 김 대리를 기다리고 있었다. 오늘따라 냐옹이도 신나서 나의 손에 머리를 비비며 배를 까고 드러누웠다.

"냐옹아, 오늘은 왜 이렇게 신났어? 내가 냐옹이와 7~8분가량 소통을 하고 있을 즈음 작은 경적이 들렸다.

미니 쿠페가 비상깜빡이를 켜고 내 앞에 정차했다.

"이 과장님, 타세요." 김 대리가 조수석 쪽으로 몸을 기울여 나에게 손짓을 했다.

차 안에는 윌리엄텔 서곡이 흐르고 있었고, 이어서 모차르트의 아이네 클라이네 나흐트 뮤직, 비발디 사계의 봄이 연속으로 흘러나왔다. 차 안은 지금 막 뿌린 듯한 장미 향이 코를 간지럽혔다. 김 대리가 오늘은 냐옹이처럼 기분이 좋은가 보다. 계절도 시간과도 맞지 않는 음악이지만 신나는 클래식이 가을 하늘과 잘 어울렸다.

"음악이 좋네?" 나는 인사 대신 말했다.

"좋죠? 오늘은 제 마음대로 할 거예요. 이 과장님이 내 제안을 매번 거절한 벌이에요."

드라이브 내내 김 대리는 호호, 하하, 즐겁게 떠들고 있다. 나는 옆에서 웃어 주고 추임새만 조금씩 넣어 주었다. 한 시간쯤 지났을까? 어디서 많이 본 듯한 길을 달린다.

3년 전 영업부와 같이 야유회를 갔던, 김 대리가 물에 빠졌던 그 주위였다.

"어, 여기?"

"네, 맞아요. 호호. 다시 오고 싶었어요. 그날 물에 빠진 일이 나에겐 너무 소중한 추억이었고, 꼭 이 과장님하고 같이 오리라 결심했죠."

"안 좋은 기억이었을 텐데? 어떻게?"

"아니에요. 그날 이후 남자를 다시 보게 된 계기랄까? 이 과장님을 다시 보게 된 계기랄까? 아무튼 아직도 그날을 잊을 수 없어요."

우리는 그 계곡을 산책하고 점심을 먹기 위해 분위기 좋은 한식당으로 들어갔다. 김 대리가 미리 준비를 했는지 "김은서요." 이 한마디에 종업원이 방으로 안내했다. 한옥의 고풍스러운 분위기에 오래되었지만 깨끗한 방이었다. 메뉴판을 김 대리에게 건네자 "주문했어요."라는 대답이 돌아왔다. 나는 겸연쩍어 메뉴판을 훑어보았다. 3만 원대에서 9만 원대까지 다양했다. 메뉴판을 둘러보고 있는데 종업원 3명이 카트에 음식을 담아 우리 자리에 모포 각을 잡듯 예쁘게 올려놓았다. 음식이 거의 50가지는 족히 넘어 보였다.

"김 대리, 너무 무리하는 거 아니야? 다 먹을 수나 있을까?"

"겨우 이 정도로 뭘 그러세요? 3년 전부터 보답하겠다는데 매번 거절해 놓고선 어떻게 그런 말씀을 하세요? 나쁘네요. 이 과장님. 호호."

"술도 한잔하셔야죠?"

"안 되지, 그건. 운전해야 하잖아."

"에이, 재미없어."

"이 과장님은 결혼 안 하실 거예요?

"해도 좋고 안 해도 좋고, 결혼이란 제도에 내가 꼭 들어갈 필요는 없을 것 같아. 나는 인간이 만든 최악의 제도가 결혼제도라고 생각하거든. 인류 존속을 위해 그리고 내가 아이들을 좋아해서 아이는 낳고 싶지만 내 욕심이지."

"그런 말이 어딨어요? 결혼은 싫은데 아이는 갖고 싶다?"

"그러는 김 대리는 왜 결혼을 안 해? 김 대리 좋다는 사람이 얼마나 많은데."

"음……." 김 대리가 약간 뜸을 들이더니 말을 이어 갔다.

"거의 모든 남자가 나의 배경을 알고 접근하거나 끈적한 행위의 대상으로 나에게 접근하는 남자가 대부분이었어요. 그래서 나는 그런 남자들을 벌레 보듯 대했고요."

"배경이라? 김 대리가 재벌집 딸이나 되나 봐? 하하하." 나는 농을 던졌다.

"드라마 쓰세요?" 김 대리가 귀엽게 눈을 흘겼다.

"부자인지는 알고 있지 나도. 저 외제차도 고가일 테고."

"아버지께서 대구에서 사학재단을 운영하세요. 아버지는 회장님이시고 오빠가 이사장이시고. 저는 외동딸이죠. 그렇지 않아도 부모님께서 결혼하라고 성화예요. 진짜 재벌가도 있고, 쟁쟁한 사람들이 많더라고요."

나는 김 대리의 말에 놀랐지만, 애써 감추었다. 또 걱정했다. 김 대리 아버지가 운영하는 Y학원이 다음 타깃으로 잡고 있는 한국학원 K 이사장보다 더 나쁜 사람이라면? 그 생각으로 잠시 멍해졌다. 궁금하지만 김 대리에게 아버지가 어떤 분인지 물어보지는 못하겠다. 나의 계획도 말하지 못하겠다.

"김 대리 집안이 그렇게 좋은지는 꿈에도 몰랐네?"

"이 과장님만 몰라요. 우리 회사 직원들 다 아는 사실을……."

"그런데 왜 나만 몰랐지?"

"일단 제가 전부 약을 쳐 놨죠, 호호. 정 대리까지도요."

"그랬구나."

나는 김 대리 집안이 아무리 대단한 집안의 딸이어도 나의 생각에는 변함이 없다. 김 대리는 예쁘고, 똑 부러지는 여자다. 더더욱 나와는 맞지 않는다는 생각이 들었다. 이런 여자를 내가 행복하게 해 줄 자신도 없고, 또 나는 벌써 3명이나 자연으로 보냈다. 자의든 타의든 나도 조만간 자연으로 돌아갈 운명이라는 것을 잘 안다.

"이 과장님은 참 특이한 분이세요." 내가 잠시 생각에 빠져 있는 순간 김 대리는 나의 표정을 유심히 살피고 있었다.

"이 과장님처럼 돈과 권력에 관심 없는 사람은 처음 봐요."

"나도 나 같은 놈 처음 봐. 하하하. 농담, 농담! 김 대리. 나는 그런 거 없어도 지금 너무 행복해. 그러면 되는 거 아닌가?"

"그럼 그 행복 저한테도 나눠 주세요."

그 행복 나눠 달라고? 나는 순간 놀란 표정을 또 들킬 뻔했다. 그 말은 프러포즈인가? 나에게 관심이 있다는 건 알고 있었지만 이렇게 노골적으로 말한 적은 없었다.

나는 아무 말도 하지 않았다. 아니, 할 말이 없었다. 잠시 침묵이 어색하던 순간,

"이 과장님, 나가요. 또 멋진 곳 알아 놨어요." 역시 씩씩한 김 대리다.

10분쯤 차를 타고 가다 돈키호테가 괴물로 착각했다는 풍차를 연상케 하는 풍차가 돌고 있는 유럽풍 호텔 같은 건물이 보였다. 주말이라 주차장이 거의 만원이었으며 불을 품은 듯 빨간 해가 풍차의 날개에 자리 잡고 있어 그 광경은 마치 엽서에나 볼 수 있는 풍경을 연출하고 있었다.

"우와, 이런 데 이렇게 멋진 곳이 있었네?"

"너무 멋있죠?"

"김 대리는 어떻게 이런 곳을? 데이트 많이 다녔나 봐? 하하."

"아니거든요. 저도 처음 와 보는데 어젯밤에 몇 시간을 검색하면서 찾은 곳이에요."

문을 열고 들어가자 고소한 커피 향과 와인 향, 목조건물에서 나는 나무의 향이 풍겼다. 슈베르트의 겨울 나그네 중 보리수가 흘러나오고 있

어서 시각과 후각, 청각이 행복감을 느끼기에 충분했다. 나뭇잎의 움직임을 피아노 반주로 묘사했다는 이 음악이 지금 여기 이 장소와 너무나 잘 어울렸으며, 한 줌의 나의 추억도 있는 음악이라 가슴이 뭉클했다. 1990년 드라마 〈겨울 나그네〉를 보고 〈피리 부는 사나이〉라고 불린 남자 주인공의 순수한 사랑에 흠뻑 빠졌었다. 그래서 여자 주인공이었던 김희애가 아직까지 나의 이상형으로 자리 잡고 있다.

"분위기에 취하셨군요? 호호."

"정말 좋다. 김 대리 덕분에 내가 호강하네."

김 대리가 앉자마자 종업원이 와인과 베이컨치즈말이, 치즈크래커를 올려놓았다.

"저는 화장실 좀 다녀올게요."

"어, 그래."

잠시 후 김 대리는 본격적으로 술을 마실 모양인지 낮보다도 쿠션을 더 찐하게 바르고 나왔다. 입술도 레드와인과 비슷한 색으로 변해 있었다.

"이제 본격적으로 마셔 볼까나?"

"서울은 어떻게 가려고? 그래 마셔. 내가 운전할게."

"혼자는 못 마시죠. 대리운전 부르면 돼요."

김 대리가 나에게 와인을 따라 주며 마시라며 입을 삐쭉 내밀었다.

"그래, 마시자."

이곳은 우리나라의 노래나 기타를 치며 라이브로 노래를 하는 곳이 아니었고, 불륜으로 보이는 사람들이 오는 곳과도 달랐다. 클래식이 계속 흘러나왔고, 바이올린과 피아노 라이브 연주가 흘러나왔다. 손님들도 음악 때문인지 몰라도 모두들 큰 소리 한번 내는 사람이 없이 얌전했다.

우리는 이렇게 대화를 나누며 음악을 들으며 어느새 두 시간이 넘도록 와인 두 병을 비우고 세 병째 첫 잔이 김 대리에게 따라지고 있었다.

"김 대리 너무 무리하는 거 아니야?"

"제 주량 모르십니꺼? 끄떡없으예." 술에 취하니 사투리로 귀염을 떨었다. 귀여웠다.

"그래도 와인이란 게 마실 때는 몰라도 금방 취해 버리잖아."

어느샌가 12시가 다 되어가고 있었다. 김 대리의 혀도 꼬여 창호 씨라고도 했다가 이 과장님이라고도 했다가 아무튼 귀엽기는 귀여웠다.

"나 잠시 화장실 다녀와서 그만 가자 김 대리."라고 말하고 화장실을 다녀오니 김 대리는 테이블에 오른팔을 쭉 펴고 그 팔에 머리를 올린 채 쓰러져 있었다. 머리카락 한 움큼은 와인잔에서 헤엄까지 치고 있었다.

나는 김 대리의 머리를 물티슈로 닦아 주고 손을 잡으며 말했다.

"김 대리, 그만 가자. 내가 대리기사 부를게."

"안 돼요. 저 아버지한테 혼나요." 대리기사 부른다는 말에 김 대리는 머리를 들고 나머지 한 손으로 팔을 잡으며 말했다.

"외박하는 게 더 혼나지 않을까?"

내 말을 듣더니 키 하나를 가방에서 꺼내서 테이블에 올려놓더니 김 대리는 가방끈을 오른손에 잡고 화장실 쪽으로 갔다. 김 대리가 준 키를 보니 이 레스토랑에 같이 있는 호텔 방 키였다. 1012호.

어떻게 해야 하지? 나는 김 대리가 화장실에서 나올 때까지 키를 물끄러미 바라보며 생각에 잠겼다. 그래 그까짓 것…….

"이 과장님, 가요." 김 대리가 비틀거리며 나의 팔을 껴안았다. 팔짱을 낀 것이 아니라 껴안았다는 표현이 더 잘 어울렸다.

나는 김 대리를 부축하고 레스토랑에서 연결된 길로 호텔 로비를 지나 엘리베이터 표시가 된 방향으로 갔다. 엘리베이터를 타는 순간까지도 김 대리는 더욱 몸을 가누지를 못했다. 호텔이 그다지 오래된 것 같지는 않은데 열쇠로 되어 있어 열쇠 구멍에 키를 꽂는데 헤매었다. 김 대리를 침대에 앉히자 김 대리는 그대로 드러누웠다. 그 장면을 위에서 내려다보니 왜 자꾸 귀엽다는 느낌이 드는지 모르겠다. 고급스러워 보이지만 불편해 보이는 치마 정장을 입은 김 대리. 김 대리의 상의와 하이힐이라도 벗겨 주어야겠다는 생각에 김 대리 쪽으로 가자 김 대리가 자고 있지 않을 수도 있다는 느낌이 나의 뇌리를 강타했다. 더욱 그렇게 느끼게 만든 일은 내가 김 대리의 정장 상의를 벗기려 할 때, 김 대리가 내가 옷을 잘 벗기도록 등을 살짝 들어 주었다. 순간 웃음이 터져 나올 뻔했다. 하지만 꾹 참고 모른 체하며 옷을 천천히 벗겨 주었고, 하이힐도 벗긴 후

양발을 가지런히 침대에 올려 주었다. 블라우스 단추를 팽팽하게 만든 봉긋한 가슴이 내 눈을 사로잡았고, 가느다란 발목을 가진 예쁜 다리를 보았지만, 나에게는 사랑스러운 후배일 뿐이었다. 나는 조심스레 이불을 덮어 주었고, 이런 김 대리가 여자로서 손색이 없고, 너무 귀엽고 사랑스럽기까지 했지만 나는 김 대리의 사랑을 받아 줄 수 없었다. 누누이 생각하고 또 생각했지만 나는 김 대리를 행복하게 할 자신도 없고, 내가 해야 할 일도 있다.

이렇게 우린 김 대리가 기대했던(?) 일은 생기지 않고 아침을 맞았다. 나는 소파에서, 김 대리는 침대에서. 내가 일어나 테라스로 나가 맑은 공기를 폐 깊숙이 들이마시고 있으니 김 대리가 뒤통수에 대고 뭐라고 말을 했다. 차가운 공기가 방으로 들어갈까 봐 문을 닫았더니 소리만 들리고 말은 안 들렸다.

"속은 괜찮아?"

"잘 주무셨어요?" 어색한 듯 어색하지 않은 아침 인사를 나누고 아침으로 해장을 하기로 하고 천천히 씻고 나왔다.

예상치 못했던 아니 김 대리는 각본대로, 그래도 즐거운 데이트를 마쳤다. 가는 길은 내가 김 대리의 집에 내려 주고 가겠다고 강제로 키를 빼앗다시피 해서 서울로 돌아왔다. 김 대리는 약간 시무룩한 느낌이었지만 웃음은 여전했다.

3

김 대리와 헤어지고 전철을 내려 집으로 오는 길에도 많은 생각이 스쳐 지나갔다. 혹시 김 대리의 아버지께서도 저 부조리한 집단과 똑같은 부류라면 어떻게 해야 할까? 고민에 빠졌다. 머릿속이 복잡한 나는 하늘과 땅을 번갈아 바라보며 걸어오던 중 나의 고민에 돌멩이질을 하는 비명 소리가 단발로 들려왔다. 지하 피시방이 있는 쪽에서 들려왔다. 소리가 들려오는 쪽으로 걸어가니 미세하게 아이들의 욕지거리하는 소리가 들렸다. 지하로 내려가는 길모퉁이 좁은 골목, 교복을 입은 중학생 혹은 고등학생 저학년으로 보이는 4명의 아이들이 모여 몸싸움을 벌이고 있었다. 아니, 몸싸움이 아니라 한 아이가 배를 움켜쥐고 무릎을 꿇은 상태로 다른 아이의 바지춤을 잡고 있었다.

"너희들 거기서 뭐 하니?" 나는 천천히 아이들이 있는 곳으로 걸어가며 말했다.

"……." 가해자로 보이는 세 명의 아이들이 나를 빤히 쳐다보기만 하고 아무 말을 하지 않았다. 무릎을 꿇고 앉은 아이는 여전히 고통스러운지 얼굴은 버건디빛이었고, 미간에 주름이 잡혔다.

"아저씨는 누구세요?" 세 녀석들 중에 제일 작은 아이가 나에게 물었다.

"세 놈이 한 놈을 때리는 건 불공평하지 않니?" 그 말을 하고 피해자로 보이는 아이를 보는데, 어두워서 보이지 않던 피도 볼을 타고 흘러내고 있었다.

"그냥 가세요. 참견하지 마시고." 이번에는 제일 덩치가 큰 녀석이 나에게 한 걸음 다가오며 말했다.

"너희들이나 그만하고 여기서 사라지는 게 어때?" 나는 오히려 호기(呼氣) 있게 말했다.

"아저씨도 다칠 수 있어요. 참견하지 마시고 그냥 가세요." 또 그 덩치가 이 사이로 침을 뱉으며 한 손은 무릎이 하얗게 바랜 교복바지에 찔러 넣은 채 팔자걸음으로 서서히 다가와 대들 듯 말했다.

나도 덩치에게 더 다가갔다. 이제 그 녀석들 중에서 한 녀석이라도 공격해 들어오면 맞을 수도 있는 거리다. 아니나 다를까. 내가 피를 흘리고 앉아 있는 학생의 어깨를 잡고 상태를 확인하려는 순간 덩치 녀석이 나의 팔을 잡았다.

"왜 이래요? 그냥 가라니까." 이제 말도 짧고 예의도 상실한 말투로 덤비고 있다.

"마지막으로 충고하는데 다치고 싶지 않으면 너희들이나 이쯤하고 사라져라." 이제는 차분한 말투로 그들에게 경고했다.

이 좁은 골목에서 세 녀석이 덤비더라도 세 명의 효과는 나지 않는다. 나의 머리는 벌써 그들의 공격을 대비한 이미지를 그리고 있었다.

그 순간 덩치 녀석의 주먹이 날아오고 있었다. 영화에 나오는 일진들처럼 싸움꾼은 아니었다. 주먹을 쥔 손도 어설프고, 주먹을 날리는 속도도 내가 얼핏 보아도 손에 주름이 보일 정도로 느렸다. 나는 날아오는 주먹을 피하고 덩치의 어깨를 잡은 후 몸이 실려 있는 오른 다리를 밭다리 되치기 기술로 넘어뜨렸다. 오랜만에 실전에 사용해 보았지만 제대로 걸렸다. 한쪽 다리가 하늘로 올라가고 있었으며, 나머지 한쪽 발도 따라 올라가더니 엉덩방아를 찧고 넘어졌다. 나머지 두 녀석은 놀란 눈을 하며 덩치를 일으켜 세워 꽁지를 빼며 달아났다.

피해자 학생에게 손수건을 건네고 교복의 먼지를 털어주며 괜찮은지 확인을 하고 그 자리를 떠났다. 한마디 말은 해 주었다.

"그렇게 맞을 용기로 한 대만 때려 봐. 그러면 더 이상 괴롭히지 않을 거야."

학원 폭력은 오늘내일 일이 아니지만 점점 잔인해지고 있어 나의 걱정거리 중의 한 가지였다. 한편으로는, 저 아이들만 할 때는 저런 객기와 시건방쯤은 너그럽게 봐 줘도 된다 싶기도 했다. 젊음의 특권이 아니던가? "하룻강아지 범 무서운 줄 모른다"라는 속담으로 봐서는 아마도 인간의 오랜 습성이리라. 나도 뒤돌아보니 그때는 그랬던 것 같다.

내가 가르치는 공부방에도 가해 경험자도 있었고, 피해 경험자도 있었다. 나는 이런 학생들에게 오히려 더 정이 가곤 했다. 그래서 이런 아이들과 함께 유도 도장을 다니거나 격한 운동을 하며 그들의 에너지를 쓰게 만들었다. 처음에는 나를 꼰대쯤으로 생각하더니 서서히 형처럼 대해 주어 뿌듯했다.

집에 도착하자마자 컴퓨터를 켜고 Y학원에 대해 검색했다. 나의 예상대로 김 대리 부모님에 대한 나쁜 평가보다는 좋은 평가가 많았으며, 김 대리의 할아버지께서 처음 설립하여 독립운동에도 관여했고 무수히 많은 학자를 배출한 훌륭한 재단이었다. 나는 가슴을 쓸어내렸다. 아니, 아주 기뻤다. 여자로서 아닌 후배로서 너무나 자랑스럽고 대견했다. 반대로 한국학원은 비리의 온상이었다. 설립자는 일제강점기 말에 학자도 아닌 그저 그런 동네 건달 출신으로 일본의 고위급에게 잘 보여 약간의 빚이 있는 고등학교를 거의 강탈하듯 빼앗아 운영했다. 운영 방법도 눈속임의 연속이었다. 우리나라가 서서히 학구열이 높아지자 학교 주위 아는 사람을 총동원해 단과 학원을 만들게 하여 시험 문제를 미리 알려 준 다음 그 학원에 다니는 학생에게 시험에 나오는 문제들을 풀어 주며 그 학원에 다닌 학생의 성적이 상승하자 그 입소문이 도시 전체에 퍼졌고, 족집게 학원으로 유명세를 타며 소위 돈을 갈고리로 긁어모았다고 한다. 그 돈으로 대학도 세우고, 초·중·고 및 유치원까지 총 12개의 사학 재단이 설립된 것이다. 대학은 유명하지 않아 학위 장사와 국가 보조금을 따내며 운영하였고, 부동산으로 부를 축적해 나갔다. 학과 지원자가 미달되면 보조금이 중단되기에 보조금 중단을 막기 위해 교직원 가족을 가짜 학생으로 입학시키고 보조금 수령 후 자퇴하는 수법을 많이 사용했다. 학생의 복지는 예상대로 형편없었다. 게다가 가족들이 요직을 대부분 차지하고 있어 몇십억 원쯤 횡령하는 일은 식은 죽 먹기였다. 초·중·고등학교에서는 일인당 평균 일억 원의 기부금을 받고 교사로 채용했으며, 유치원에서도 국가보조금을 받기 위해 학생 수 부풀리기, 교사 늘리기, 심지어 요즘 강아지들도 먹이지 않을 정도의 정크푸드를 아이들에게 먹이며 이윤을 극대화했다. 이들에게 아이들은 모두 돈, 그 이상 그 이하도 아니었다.

이렇게 돈을 모은 사람들의 최종 목표는 정치였다. 정치를 해야 그 권력으로 재산을 유지할 수 있기 때문이었다. 현 한국학원 K 이사장의 아버지, 즉 설립자의 아들도 국회의원 중 불법을 저질러 의원직을 상실당했고, 그 아들인 K 이사장도 정치에 야심을 품고 정치권에 연줄을 넣으려고 돈을 뿌리고 있었다. 이렇게 불법으로 모아들인 재산이 오천억 원이 넘었다.

하루에 일억씩 써도 다 못 쓰는 재산 오천억을 자기 자식에게 물려주기 위해 악을 행하는 정치인이자 자칭 교육자라고 일컫는 악마들이었다. 이들은 어린아이를 낳은 것이 아니라 또 다른 악마를 낳았고 그 악마가 또 악행을 저지르고 남을 해쳐도 양심에 가책도 느끼지 못한다. 교육은 온데간데없고 오히려 일제 교육, 아니 일본의 대변인 아니 일본의 개 노릇을 하며 살고 있다. 우리나라는 정치보다 그 어느 조직보다 바로 서야 하는 분야가 교육이다. 난 꼭 이 자를 격리시켜야겠다는 마음을 굳혔다.

4

K 이사장의 취미, 하루 일과, 자주 만나는 인물, 내연관계 등등을 조사했다. 역시나 내연녀는 필수인가 보다. 따로 살림을 차린 여인 외에 연예인도 스폰해 주고 있었다. 학교 집무실은 일주일에 한두 번 출근해 결재판에 사인해 주는 일이 고작이었고, 대부분은 지역 유지나 정치들과 함께 골프 접대하는 것이 주 업무였다. 일주일에 한 번쯤은 경기도 별장에서 머무른다. 참 단순하고도 멍청한 일정들로 가득 차 있었고, 어디를 가든 갑질 대마왕이라는 별명을 듣고 있는 그였다. 김 대리 부모님 같은 분들과는 확연히 달랐다. 김 대리 부모님들은 일정의 절반은 봉사로 이루어져 있다. 지역 주민들 모두가 정치를 해서 사회를 바꾸어 주십사 요청해도 사람 좋은 웃음을 띠며 "저는 그럴 만한 능력이 못 됩니다."라는 겸손의 말만 하시는 분이라고 경호가 알아본 바에 의하면 김 대리 부모님의 품성은 그랬다.

K 이사장은 공식 일정, 즉 조폭 형님처럼 검정 양복을 입은 덩치 좋은 각진 인간들이 너덧 명씩 그를 경호를 담당하고 시민들 앞에서 어깨에 힘주며 거들먹거리는 행사 이외에는 혼자 이곳저곳을 다녔다. 공식 일정 외에는 비밀스러웠고, 떳떳하지 못한 행동이 대부분이라 K 이사장의 경우는 설계하기가 너무 쉬울 것이라는 경호의 취재 내용이었다.

금요일 오후 8시 33분, K 이사장 사무실이 있는 대학. 익히 알고 있던 정보로 미리 이사장 사무실 건물에 대기해 있었다. 여느 때와 같이 9시가 다 되어 가는 시간에 이사장이 있는 사무실 5층에는 불이 환하게 켜져 있었다. 이사장이 오는 날이라는 걸 말해 주었다.

9시가 다 되어 고급 세단의 승용차가 들어왔다. 차 넘버를 보니 K 이사장의 차였다. 주창에서 유일하게 CCTV 사각지대가 그의 전용 주차공간이었고, 그 구석에 주차한 후 트렁크에서 007 가방과 쇼핑백을 꺼내더니 자신의 사무실을 힐끗 쳐다보고 주위도 한번 휘 둘러보더니 건물로 들어섰다.

이사장이 들어간 지 30분쯤 흘렀을까? 조심스럽게 손목시계를 보니 9시 35분을 지나고 있었다. 오늘은 칼을 준비했다. 이사장을 납치해서 여기서 멀리 떨어진 곳에서 일을 치러야 하기 때문이었다. 이사장은 자신의 차 성능을 자랑하려는지 항상 차에 오르기 전 자신의 사무실에서 원격 시동을 걸어 놓는 버릇이 있었다. 아니나 다를까. 이번에도 '삐, 삐, 삐' 하는 소리와 함께 비상등과 점등이 깜빡거렸다. 역시 멍청하구나 하는 생각과 짧은 웃음을 지으며 운전석 뒷자리에 재빨리 자리를 잡고 블랙박스 메모리카드를 제거한 후 고개를 숙였다. K 이사장이 들고 갔던 두 개의 가방은 온데간데없고, 양손으로 날파리를 쫓으며 차 쪽으로 다가와서 창문에 붙은 유흥업소 전단지를 보고 "어떤 미친놈이 시간에 이딴 걸 붙이고 간 거야?"라고 욕설을 하며 다시 한번 왼팔로 날파리를 쫓았고, 오른손으로는 운전석을 열었다. K 이사장이 안전띠를 착용하고 시동을 걸자 준비해 온 칼로 이사장의 목에 대었다.

"당신 누구야? 누가 보냈어? 나한테 왜 이러는 거야?" K 이사장은 화들짝 놀라면서도 물어볼 말은 다 물어보았다.

"저요? 당신에게 이렇게 자객을 보낼 사람이 많은가 보네요? 그냥 자연이라고 해 두죠."

"……."

"먼저 이사장님 휴대폰 좀 주시죠?"

"그냥 곧장 직진하시면 낚시터 옆 저수지로 가세요. 거기서 얘기하시죠." 나는 K 이사장의 휴대폰 전원을 끄고 다시 건네주며 말했다. 곧이어 나의 휴대폰 전원도 껐다.

K 이사장은 태연한 척 보였지만 숨소리도 거칠어지고 있었고, 잔뜩 겁을 먹고는 목에 핏줄까지 올라와 있었다.

국도를 따라 20분쯤 이동하니 멀리서 낚시터 수상 방갈로에서 불빛이 흘러나오는 것이 보였다. 30개 정도가 저수지에 떠 있었지만 불이 켜진 곳은 십여 군데였다. 한가롭고 여유로워 보였다. 여기는 사람의 눈에 잘 띄는 곳이라 조금 더 가야 한다. 5분쯤 더 들어가면 뗏목을 걸어 두고 작은 배를 띄울 수 있는 한적한 곳이 나온다. 그곳까지 K 이사장을 인도했다.

"여기가 좋겠네요."

"나에게 원하는 게 뭐예요? 돈이에요?" 30분쯤 겁을 먹고 운전했던 K

이사장의 말투에는 아까와는 사뭇 다른 높임말을 쓰고 있었다.

"아니에요. 난 아무것도 필요 없어요. 당신이 이 세상에서 불필요한 존재라는 게 중요하죠."

"그, 그게 무슨 말……?"

"당신은 이렇게 살아온 날이 잘 살았다고 생각하나요? 당신의 탐욕과 물질은 컨테이너 박스를 다 채울 수 없을 정도로 많겠지만 당신의 추억과 사랑은 고작 어린애 트렁크 박스도 못 채울 것 같네요."

"제가 돈은 얼마든지 드리겠소. 제…… 제…… 제발 살려 주시오."

"교육자가 되고 정치인이 되고프면 먼저 인간이 되었어야죠. 그런 일들은 당신 같은 짐승들이 하는 일이 아니에요. 당신은 이미 인간이 되길 포기한 탐욕의 늪에 빠진 한 마리 짐승으로 전락했으니 이제 더 이상 이 사회에 끼어 있지 않았음 하네요. 어제는 오늘과 같고, 오늘도 내일과 같겠지만 당신은 오늘이 내일과 다를 거예요. 당신은 지금과 다른 자연의 일부가 되어 있을 테니까요."

나는 오른손으로는 여전히 칼을 K 이사장 목을 겨냥하고 있었고, 왼손으로는 운전석 목 받침대를 제거했다. 목 받침대를 옆으로 던지고 칼을 든 팔을 그대로 K 이사장 목을 감아 리어 네이키드 초크로 그의 경동맥을 압박했다. 이제 K 이사장은 10초 후면 의식을 잃을 것이다. 곧바로 죽음으로 향하진 않는다.

얼마 후 고급 시계를 찬 K 이사장의 팔이 운전석 문에 떨어지는 소리가 들렸다. 몸이 축 늦어지고 고개는 조수석 쪽으로 넘어갔다. 나는 창문을 조금씩 열고 기어를 중립으로 옮기고 차에서 내려 내리막 호수 쪽으로 차를 밀었다. 경사가 있어서 조금의 힘으로도 차는 금방 움직였다. 호수는 K 이사장의 차를 순식간에 집어삼켰다. 아직 숨을 쉬고 있는 이사장의 공기가 창밖으로 공기 방울을 일으키며 나오고 있었다. 마지막 영원히 빠지는 공기 방울을 끝까지 지켜보았다. 11월도 절반이 지났는데 추운 느낌보다는 봄처럼 따뜻함이 느껴졌다. 공기도 너무나 상쾌했고, 유난히 별빛도 초롱초롱 불을 발했다. 하지만 마음은 무거웠다. 어떤 부조리보다 첫 단추라 할 수 있는 교육이 잘못되었으니 이보다 중요한 것이 또 있을까? 정치? 탐욕? 종교? 법? 이런 부조리는 교육이 바로 서면 서서히 줄어들 것을…….

나는 이렇게 별빛을 보며 걷기 시작했다.

우리나라는 평생 배움이 좋아서 공부가 좋아서 공부만 할 수 있는 제도는 만들지 못하는 걸까? 꼭 돈을 벌기 위해 진로를 정하기 위한 목적으로 공부를 해야 하는 걸까? 권력과 돈을 얻기 위한 수단으로만 공부를 해야 하는 걸까? 평생 연구하고 개발하는 일에 행복을 느끼며 살 수는 없는 걸까? 주입식 교육으로 암기 잘하는 순서로 의대나 법대에 진학해 권력에 편승에 돈을 벌기 위한 교육으로 전락한 교육. 10대 어린 나이에 자유롭게 생각하고 토론해야 할 나이에 등급이 매겨진 학교에 부모들은 자기 자식을 일찌감치 기득권 속으로 넣으려는 얄팍한 속셈으로 자식의 행복을 가장한 본인들의 욕심만을 채우고 있는 건 아닌가? 백 평짜리 집에서 태어난 아이들이 자기가 그 백 평짜리 집을 산 줄 안다. 그것이 잘못되고 부당하다는 것은 아니다. 하지만 자랑스러워하지는 말았으면 한다.

이렇게 많은 생각들을 머리에 담고 하늘을 내비게이션 삼아 걷고 있을 즈음 조금 전에 전원을 켰던 휴대폰에 진동이 울렸다.

"너 어디야?" 완준이었다.

"어? 여기가? 잘 모르겠어. 그냥 계속 걷고 있는 중이야."

"일단 그 근처 주소 찍어서 보내. 내가 K 이사장 학교 근처니까."

"그래."

10분쯤 후 국도에서 상향등을 깜빡거리며 완준이가 차를 몰고 오고 있었다.

"내가 이럴 줄 알았다."

"어떻게 알고?"

"다친 데는 없는 거지?"

우리는 이렇게 몇 마디 하지 않아도 마음을 너무나 잘 알고 있었다. 자정이 지나 막히는 곳이 없어 나의 오피스텔 앞까지 오는 데는 그리 오랜 시간이 걸리지 않았다. 완준이가 나의 오피스텔 앞에 차를 멈추자 냐옹이의 눈이 헤드라이트에 비쳐 레이저를 쏘고 있었다.

"저 고양이가 혹시?"

"맞아, 나의 아테나."

냐옹이는 내가 내려 자신에게 갈 때까지 나에게서 눈을 떼지 않고 쳐다보고 있었다. 나는 완준이와 짧게 인사를 나눈 후 냐옹이 쪽으로 걸어갔다. 고개를 들어 나를 애처롭게 쳐다보는 나의 아테나. 나는 눈높이를 맞추며 냐옹이를 그윽이 바라보았다.

"염려하지 마. 냐옹아." 냐옹이는 나와 한 발짝쯤 뒤에 붙어 엘리베이터 입구까지 따라와 문이 닫힐 때까지 나를 바라보았다.

나의 방에 도착과 즉시 무의식에 빠져들었다. 이젠 울타리 따위는 보이지 않는다. 여기저기 야생동물의 울음소리가 들린다. 이제는 도심 근처에 있는 동물원의 사자와 호랑이가 아니었다. 멀리서 수컷 사자가 여유 있게 먹이를 먹고 있는 반면 야윈 사자들은 수컷이 빨리 먹고 일부의 먹이라도 남겨 주기를 기다리고 있다. 기다리고 있는 한 무리의 배고픈 사자 무리들이 나를 보자마자 눈을 반짝이며 처음에는 고양이처럼 천천히 다음에는 음속보다도 빠르게 나에게 달려든다. 나는 피하지도 않고 그들을 맞이하고 있다. 이제 이들이 완전하게 자연으로 돌아간 것일까? 나는 이제 악몽을 꾼 것 같지 않다. 한 편의 내셔널지오그래픽 야생동물 다큐멘터리를 보는 듯했다.

이렇게 긴 잠에서 깬 주말. 완준이와 경호, 심지어 재훈이게도 연락이 없었다. 뉴스를 보아도 K 이사장 뉴스도 나오지 않았다. 때마침 첫눈까지 내려 저수지에 있는 K 이사장의 흔적을 감춘 듯했다.

주말 첫눈이 내려 월요일 출근길은 수막현상으로 자동차가 지날 때마다 마찰음을 내며 사람들의 출근길을 더 힘들게 하고 있었고, 뚝 떨어진 기온으로 사람들은 어깨를 웅크리며 종종걸음으로 젖은 도로를 최대한 밟지 않겠다는 의지를 보이며 도로를 활보하고 있다.

악인 하나가 사라졌어도 사회는 미동도 없이 잘 돌아간다. 전철에서 서로 어깨를 부딪치고, 발을 밟고, 밟혀도 가벼운 사과로도 너그럽게 넘어간다. 서로 이해하는 선에서는 대부분 사람들이 화를 내지 않는다. 하지만 나에게 직접적인 신체적인 가해가 없어도 사람들이 극도의 분노를 느끼게 만드는 것이 불평등이다. 수많은 불평등으로 인한 국민들의 심리적 스트레스는 손가락 골절보다 더 큰 좌절과 고통을 느낀다. 특히 민주주의 사회에서, 겉으로 평등하다고 수없이 표현되고 있는 현대사회에서의 불평등은 과거 반상의 구분이 명확할 때보다 더욱 깊은 상처를 주고 있다.

평등? 세상에 그런 거짓말도 없을 것이다. 인류가 만들어진 이후 단 한 번도 평등한 적이 없었다. 심지어 동물에게도 평등이란 없다. 힘의 원리로 종속관계를 유지해 왔고 지금도 그렇다. 평등하지 않기에 지금까지도 평등을 부르짖고 있지 않던가. 나는 무조건적인 평등을 말하는 것이 아니다. 능력에 따라 다르게 주어지는 것은 불평등이 아니다. 사람이 모두 다 똑같은 능력으로 태어나는 것이 아니기 때문이다. 하지만 부모 덕분에 무능력한 사람들이 능력 있는 사람보다 우위에서 있는 것은 불평등이다. 이것이야말로 사회 발전에 전혀 도움이 되지 않을 뿐 아니라 쇠퇴시키는 요인이며 열심히 사는 사람에게 자괴감을 심어 주는 것이다. '기회는 평등하게'라는 말이 공허할 따름이다. 평등이란 말을 믿는 사람도, 실천하는 사람도 드물다. 내가 가는 길에 거치적거리는 요소가 다 적인 것이다. 한국의 정책과 교육이 만들어 낸 병폐다.

뉴스는 또 교육부장관이 나와서 외고, 자사고, 국제고를 일반고로 전환한다는 발표를 했다. 고교 서열화를 해체하고 위화감을 해소한다는 취지라고 덧붙였다. 하지만 또 이에 반대하는 학부모들이 시위하는 모습도 비쳤다.

저 많은 부모라는 사람들. 저들이 진정 아이들을 사랑해서 저런 주장을 하는 것일까? 이제 막 자신의 사고가 자리 잡아 가는 학생에게 불평등이 평등이라고 주장한다는 것을 알까? 저 부모라는 사람들도 자신들의 아이들이 평등하지 않은 교육을 받고 사회에 진출하면 비로소 외고니 자사고니 하는 특수고의 불평등을 깨닫고 이런 불평등한 교육을 줄여 가자고 주장하는 불편한 진실을 주장하고 나선다.

나는 영재학교, 자사고, 외고, 특목고 아이들을 보면 미안한 맘이 든다. 그냥 짠하다. 어른이 된 후 그런 맘이 더 든다. 교육이 뭔지 알고부터는 더더욱 아이들에게 미안한 마음이 든다. 그런 학교를 보내려고 치맛자락으로 먼지 쓸듯 돌아다니는 부모들도 불쌍하다. 굳지도 않은 시멘트를 망쳐 놓으니 그 망친 시멘트로 굳어진 게 정상인 줄 알고 살아가야 하는 아이들. 그것이 다 부모들 잘못인 것을. 부모들 자신도 이런 교육은 불평등하고 잘못된 교육인 줄 알면서도 자기 자식들이 그런 학교에 들어가면 행복하고 잘 살 거라는 착각에서 오는 오만한 생각으로 아이들은 물론 사회를 진흙탕으로 변질시킨다.

"부모들이여, 제발 자기 자식이 특별하다는 생각부터 버리세요!"라고 말해 주고 싶다.

오늘은 퇴근 후 재훈이를 데리고 알라딘에 왔다. 완준과 경호와 알라딘 밖에서는 자주 술자리를 가졌지만 알라딘에서 4명이 모인 것은 처음이다.

"정 대리, 오랜만이야." 완준이가 알라딘에 들어서자 완준이가 먼저 재훈이에게 인사를 건넸다. 경호는 오늘도 조금 늦는 모양이었다.

"네, 완준이 형님! 오늘 제가 세 분들 틈에 끼어도 괜찮을까요? 하하." 재훈이가 넉살 좋게 웃으며 완준이의 인사에 답변하며 왼손을 오른손에 받치며 공손하게 완준이와 악수를 했다.

"자, 내 방으로 가서 맥주나 한잔하면서 얘기하자." 완준이가 앞장서며 자신의 방에 들어섰다.

"형님들 세 분은 정말 대단하신 것 같아요. 어떻게 20년 넘게 거의 매주 모이실 수 있는지. 하하."

"우리가 매주 모여 토론을 한 지도 벌써 21년이 넘었네. 이 모임은 아인슈타인이 친구 둘과 매주 금요일 저녁 토론하는 모임 '올림피아드'를 본떠서 만든 거야. 우리도 책을 읽거나 사회 이슈 및 정책에 대해 허심탄회하게 대화해 보고 싶은 마음이 통했거든." 나는 재훈이에게 우리 모임의 루트를 설명해 주었다.

"우아, 대단하네요. 아인슈타인이 그런 모임을 했다는 것도 처음 듣지만 형님들이 21년을 지속하고 있다는 것이 더 대단해요." 재훈이가 큰 눈을 굴려 가며 말을 했다.

"정 대리, 뭐가 그리 대단한데 문밖까지 감탄사가 흘러나와?" 경호가 문을 열고 들어오며 재훈이에게 인사 대신 말을 건넸다.

"안녕하셨어요, 경호 형님! 다름 아니라 형님들 토론 모임의 역사를 듣고 있었어요."

"오늘의 주제는 뭐야?" 경호가 소파에 앉으며 물었다.

"저거." 완준이가 턱으로 TV를 가리켰다.

"저기 나온 엄마들은 정말 자식들을 위한 길이라고 믿는 걸까? 오늘 뉴스에 나왔는데 국내 아동·청소년 33.8%가 죽고 싶다는 생각을 가끔 하거나 자주 한다고 답했고, 이유는 단연 학업 문제였어. '죽고 싶다'는 생각을 한다는 고등학생의 39.7%, 중학생의 34%가 학업 문제를 1위 이유로 꼽았고, 2위 이유는 고등학생은 미래에 대한 불안(27.2%), 중학생은 가족 간의 갈등(24.8%)이라더군. 이 모든 것의 근본이 교육에서 온 거지." 경호가 기자답게 팩트를 들고 와 교육 문제에 대해 질타했다.

"자식이 잘되는 길이라면 부모는 진흙탕을 걷거나 옳지 않은 길을 가더라도 감수할 수 있다는 것은 이해한다. 하지만 그건 자식이 가는 길이 진실로 옳은 길이었을 때 일이다. 지금처럼 부모들 자기 자신들의 만족을 위한 교육은 내일도 없는 지구에 사과나무를 심어 봐야 아무 의미가 없는 것과 같아." 나는 TV에 나온 부모들의 시위를 보고 말했다.

"나는 교육은 10%의 지식과 90%의 지혜로 이루어져 있다고 생각하거든. 지식은 주입식 교육으로도 충분하지만 지혜는 사람과의 관계에서 이루어져야 한다고 생각하고, 이 두 개가 합쳤을 때 진정한 교육의 완성이지. 수학적인 공리로 1+1=2잖아. 남녀의 사랑으로서 1+1=1이고, 너와 나 토론하는 교육의 1+1=3, 수학적인 답 2에 시너지 1이 합해져야 진정한 교육이라고 주장하고 싶어." 이번에는 완준이가 자신의 교육관에 대해 말하였고, 우리 4명은 번갈아 가며 토론을 이어 갔다. 토론은 시간 가는 줄 모르고 자정을 넘겼다.

"과거 양반이나 귀족들이 왜 평민들이나 노비들에게 글을 배우지 못하게 했고, 책을 읽지 못하게 한지 알 것 같네요. 책을 읽으면 진정한 자신에 대한 사회에 대한 의식을 갖게 되고 옳고 그름의 판단의 능력도 갖게 되니까요. 또 대화를 하더라도 토론이란 개념이 아닌 일상에 대한 평범한 대화만 하게 되고요. 책을 읽고 진정한 교육을 받으면 진정한 생각의 광야가 열리게 되고요. 형님들, 이 모임 저도 가입시켜 주세요. 정말 재미도 있고, 배울 것도 많고, 의미도 있는 것 같아요." 재훈이가 오늘 토론의 마무리를 지으며 말했다.

"창호야! 그런데 아직 K 이사장의 시신을 찾지 못한 것 같다. 뉴스에서는 K 이사장 실종이라고 나오는데 생존 신호도 없어서 납치, 타살 쪽으로 무게를 싣고 있어." 경호가 재훈이가 화장실 간 사이에 K 이사장에 대해 말해 주었다.

"겨울이라 찾기 힘들 거야." 내가 입을 다물고 있자 완준이가 경호의 말에 응대했다.

이렇게 또 일주일이 지나고 K 이사장의 주검이 발견됐다고 뉴스 속보로 흘러나왔다. 시신의 모습으로는 K 이사장인지 구분할 수 없지만 승용차와 양복 안주머니 지갑에서 나온 신분증으로 K 이사장임을 확인했고, 사인은 익사로 보도되었다.

8. 인공자연

자연을 똑같이 그린다고
그것이 자연이 되는 것이 아니다
하지만 자연을 사랑하는 마음이라면
인공적이라도 자연이 될 수 있다

"판결문. 선량해 보이는 피고인이 저지른 살인 행위는 모방범죄의 위험이 있고, 사회에 끼치는 해악이 훨씬 크며 또한 피고인이 뉘우침도 없기에 피고를 엄히 처벌해 선례를 남길 필요가 있다. 하여 피고인 이창호를 사형에 처한다." 판사의 판결문이 한 자 한 자 타자를 치듯 나의 뇌리에 각인되는 듯했다. 어제의 사자와 호랑이 꿈에 이어 오늘은 나에게 사형을 내리는 악몽을 꾸었다.

판결문을 받는 꿈을 꾸고 나의 이런 위험천만한 행동을 언제까지 지속해야 할지 고민에 빠졌다. 인류가 존재한 이후 악인들은 항상 존재했고, 또한 나처럼 악인을 혼내 주는 영웅(영웅으로 칭송받는)들도 존재했다. 시간이 지나면서 그들을 격리시켜 자연으로 보낸다는 명목하에 자기합리화에 빠져 살인을 너무 미화시키는 것이 아닌지도 회의감도 없지 않다.

이런 근심을 완준이나 경호에게 털어놓고 의논을 하고 싶지만 네 번의 나의 행동이 일어나는 동안 직접적으로 이에 대한 이야기를 꺼낸 적은 단 한 번도 없었다. 간접적으로 묵인하에 나를 물밑에서 도움을 줬을 뿐이다. 다섯 번째 격리자를 지정하기도 고민된다. 이쯤에서 멈추고 자수를 할까도 생각했지만 그렇게 되면 나 스스로 연쇄살인범과 다를 바 없을 것 같다는 생각도 들어 그 생각은 접었다. 일단 다음 타깃을 특정하는 일은 잠시 멈추었다.

그러던 중 인터넷 포털사이트를 떠들썩하게 만든 기획기사가 올라왔다.

"영웅인가? 사이코패스인가?" 검색어 1위에 올라와 있었다. 나도 호기심이 생겨 그 기획 기사를 읽어 내려갔다. 읽는 내내 나의 눈을 의심했다. 어떻게 이렇게 상세히 알고 있지? 4건의 살인사건에 대한 시그니처는 전혀 없었다. 단지 있었다면 이 모든 피해자들은 많은 사람들의 적이었다는 공통점뿐이었다. 그런데도 이렇게 한 치의 오차도 없이 기사를 썼을까? 아니, 마치 추리소설을 읽는 듯한 기사였다. 내가 써도 이렇게 상세히 쓰지는 못할 것 같았다. A4 용지 세 장쯤 되는 긴 기사를 정독하며 읽은 후, 또 한 번 나를 놀라게 하는 글자가 눈에 띄었다. '김경호 기자'였다.

"경호가 나에게 말도 없이 이런 기사를?" 바로 경호에게 전화를 걸까 망설이다가 곰곰이 생각할 시간을 갖기로 했다. 먼저 완준이게 전화를 걸었다.

"완준아, 기사 봤니?"

"어어, 봤어." 완준이도 당황한 듯 대답했다.

"너는 알고 있었어?"

"나도 몰랐어."

"……." 나는 무슨 말을 해야 할지 몰라 잠시 침묵을 이어 갔다.

"그래도 너인 줄은 아무도 몰라. 걱정하지 마."

"……."

"그런데 마치 현대판 뤼팽을 보듯 기사를 썼더라구. 하하하." 완준이가 나의 침묵에 농담을 던졌다.

"완준아, 나는 경호가 나의 행동을 기사를 써서 화가 난 것도 아니고, 나에게 말도 하지 않고 쓴 것 때문에 화가 난 건 더더욱 아니야." 나는 침묵을 깨고 말했다.

"그래 무슨 말인 줄 알겠다." 완준이는 진짜 알고 있다, 나의 생각을.

"최 형사 사건을 제외한 세 번의 살인사건. H 목사, S 의원, 한국학원 K 이사장의 사건들이 너무 미화되어 있더라. 이들의 비리 행적도 너무나 상세하게 기술해 놓았고, 죽을 짓을 해서 죽었다는 식으로 말이야. 또 다음 사건의 대상까지도 겁박하는 기사였어."

"그래, 나도 알아."

"나는 그게 걱정이다. 완준아! 나는 홍길동도 아니도 뤼팽도 아니고 영웅도 아니야. 영웅이 될 마음도 없고……."

"그래, 네 맘 내가 잘 알지. 경호가 다소 경솔한 점이 없지 않았어. 하지만 경호도 어찌 보면 공범자인데 많은 생각을 하고 썼을 거야. 너도 알잖아, 경호 성격. 경호가 영웅 심리나 자기 이익을 위해, 특종을 위해 기사를 쓸 녀석은 아니잖아." 완준이가 경호의 변호인처럼 말을 했다.

"나도 알아, 경호 마음. 공권력에 경고하고, 대중들이나 모든 이에게 경각심을 갖게 하기 위해서 썼다는 걸. 하지만 말이야, 완준아! 아직 어리고 철없는 사람들에게는 단지 멋있는 영웅으로만 보일 수 있단 말이야. 미성년자들이 조폭 영화를 보고 멋있어하고 정말 조폭처럼 행동하는 거랑 같은 거야." 나는 차분한 말투로 이유를 설명했다.

"내가 걱정하는 것도 너랑 같아. 모방범죄가 생길까 겁난다는 거잖아." 완준이가 내가 에둘러 표현한 것에 직접적으로 말했다.

불길한 예감은 왜 이리도 잘 맞을까? 일주일 후 내가 염려하던 사건이 터졌다. 경기도 작은 공장을 운영하는 대표가 피살됐다. 그 공장의 대표가 공장의 직원들, 특히 외국인 노동자들의 임금을 착취하고, 구타하는 등 악행을 저질렀다는 사실을 뉴스를 통해 알았고, 그 이후 고소를 당해 조사를 받았지만 유명한 로펌에 의뢰해 집행유예라는 솜방망이 징계를 받고 나왔다고 한다. 그 대표는 다시 공장을 운영하면서 악행은 그전보다 더 심해졌고, 심지어는 여성 외국인 노동자를 임신시키는 일까지 발생했으며 임신한 여성 노동자는 신고도 하지 못하고 본국으로 방출되었다고 한다.

“이거 내가 대단한 실수를 저지른 것 같아.” 경호가 말했다.

“사람들이 경호 네 기사에 이렇게까지 반응을 보일 줄은 꿈에도 몰랐어.” 내가 알라딘에 도착하기 직전 최근 벌어지고 있는 살인사건에 대해 말하고 있었다.

“뭐가 그렇게 심각하냐?” 나는 문을 열고 들어오며 경호와 완준이에게 물었다.

“창호야! 난 이렇게 모방범죄가 빨리 나올 줄은 몰랐어.”

“그 공장 사장 피살 사건 말이야?”

“어?”

“우연일 수도 있어. 그렇게 심각하게 생각하지 말자. 모방범죄가 아닐 수도 있잖아.” 나는 다소 걱정하는 경호에게 위로의 말을 건넸다.

“우연이 아니야. 나의 기사를 보고 자극받았다고도 밝혔고, 오늘 두 건의 사건이 더 발생했어.” 경호가 다소 상기된 표정으로 말을 이어 갔다. 다소 겁을 먹은 듯 보였다.

“뭐라고? 두 건이 더? 이제 겨우 기사 나온 지 일주일밖에 안 됐는데?” 나도 그 말에 놀라 다시 물었다.

“오늘 벌어진 사건은 경상북도 모 군수였고, 또 한 명은 그냥 일반인 같은데 원한에 의한 살인 같은데 그 범인은 10시간도 지나지 않아 검거되었는데 공장 대표 사건과 군수 사건의 범인은 아직 잡히지 않았다고 하더라. 창호 네가 우려하던 일들이 벌어지는 것 같아 겁이 난다."

"달을 보지 않고 달을 가리키는 손가락만 보는 사람들일 수도 있고, 영웅주의에 빠져 정의감으로 착각해 악당과 싸우며 세계 평화를 지키는 만화 같은 이야기가 발생하는 것 같은걸. 지금 우리는 현실을 살고 있는데 말이야." 완준이가 자신의 생각을 말했다.

그래 맞다. 지금 우리는 현실 속에 살고 있지만 영화나 소설 같은 일이 발생하고 있다. 그 영화 같은 일이 벌어지게 한 원인 제공자는 나인데…… 아니, 우리인데 말이다.

"솔직히 말해 볼까? 처음에는 모방범죄가 발생하면 어떻게 하나 한편으로는 걱정되었지만 한편으로는 나의 추종자가 있다는 것은 기분이 좋다. 하지만 이것도 인간의 이기적이 생각이겠지? 나는 좋은 취지로 이 행위를 했지만 단지 동기가 어찌 됐든 살인을 저지른 살인마일 뿐이라고 생각하는 이도 많으리라 생각되거든."

지금의 올바른 열정을 분골쇄신하는 마음으로 정상에 올라 부끄러움 없이 아래를 내려다볼 수 있을 때, 즉 내 마음이 흐트러져 정상에서 산등성이로 미끄러져 내려올 때 그만둘 것이다.

사람이 사람을 죽이는 이유는 세 가지가 있는데 돈, 애증 또는 원한, 광기라고 한다. 돈과 애증에 의해 나는 이러한 행동을 하는 것이 아니다. 두려운 것은 광기로 의해 이러한 일을 계속 진행할 경우가 두려운 것이다. 이러한 광기가 지속되어 쾌감으로 물들기 전에 그만두리라.

9. 법, 자연으로

법은 인간의 불완전함을 인정해
인간이 만든 제도이다
법 자체가 불완전함을 드러낸다면
없는 것이 낫다

1

K 이사장 시신이 발견된 지 한 달여 지났을 즈음 또 다른 고위급 인사의 죽음, 아니 살인사건이 뉴스의 헤드라인 및 일면을 장식했다.

"서울중앙지방 검찰청 A 차장 검사 자신의 차에서 질식사", "A 차장 검사 경부압박 질식사", "이번엔 차장 검사 타살! 연쇄살인인가?" 등 여러 신문의 타이틀로 뽑은 제목이다. A 차장 검사가 분당 모 공원 근처 한적한 곳 자신의 차 안에서 주검으로 발견되었다는 기사들이다.

'먼저 고인의 명복을 빕니다. 하지만 슬프지 않은 건 왜일까?', 'H 목사, S 의원, K 이사장에 이어 A 차장 검사까지…… 뭔가 냄새가 나는데……', '가족들에게는 미안한 말이지만 죽을 사람이 죽었네', '얼마 전 읽었던 김경호 기자 기사가 생각나네', '아직도 사라져야 할 사람이 많은데……', '대리만족 대박' 등등 A 차장 검사 사건 기사에 달린 댓글 반응이었다.

몇 시간 뒤 속보로 '고위공직자비리수사처', 즉 공수처법이 국회 본회의에서 통과되었다는 소식도 전해졌다. 정치인들과 시민단체에 의해 처음으로 물꼬를 튼 이후 23년 만에 법안이 통과되었다. 애초 '고위공직자의 비리와 부패범죄 척결'을 목적으로 제안됐던 '고비처'라는 줄임말로 시작한 지 20년이 넘는 세월이 흐르면서 '검찰개혁'을 위한 대안으로 그 위상이 바뀌었다. 그 후 2004년 사법개혁위원회(사개위)를 만들어 검찰개혁 방안이 논의되었고 이렇게 입법화되었다. 검찰이 기소독점권을 누리며 막강한 권력기관으로 변신하면서 애초의 범죄 수사 목적에 더해 검찰을 견제할 기구의 필요성이 더 절실해졌기 때문이다. 그러면 공수처를 감시할 단체가 또 필요할 수도 있지 않겠냐는 걱정도 있지만 옥상옥(屋上屋)이라 할지라도 점점 그 수는 줄어들고 깨끗한 사회가 될 것이다. 구더기 무서워 장을 못 담가서는 안 될 일이다.

신입 검사의 환영식. 최고급 한식당에서 최고급 요리에 발렌타인 30년산을 맥주 컵에 따라 폭탄주를 만들어 좌에서 우로, 우에서 좌로 몇 순번 돌았는지 셀 수 없이 마셔 댄다. 술에 약한 검사들은 일찍 바닥에 널브러졌고, 쓰러지지 않은 자신의 주량을 훨씬 넘긴 검사들은 그 술자리에 대한 중압감과 긴장감으로 정신만은 온전했다. A 차장 검사가 여검사는 보내고 남자 검사들만을 위한 특별한 자리를 만들었다. 들개들이 단체로 흘레붙는 행동들을 하고 있다. 마치 자신들이 도원결의(桃園結

義)라도 하는 양 집단 성매매도 서슴지 않는다. 이들의 집단행동이 여기에서 끝난다면 남자들의 객기라고 여겨 귀엽게라도 봐주겠지만, 본인들이 모이면 한 국가의 원수까지도 바꿀 수 있고 수갑까지 채울 수 있다고 떠들어 댄다. 마치 영화의 한 장면을 보는 듯하다.

분명 이들은 어려운 사법고시를 치르기 전 마음가짐은 이러지 않았을 것이다. 정의에 불타 불의와 싸우고 어려운 사람을 돕겠다는 마음으로 판검사가 되려는 꿈을 안고 힘든 여정을 헤쳐 왔을 것이다. 국가의 녹을 먹고 있는 공무원 신분이지만 이들은 자신들이 국가와 국민을 위해 일하는 공무원이라는 생각은 하지 않는 듯하다. 정치인들과 더불어 국민들은 자신의 발아래서 굽신거리는, 단지 자신들을 위해 존재하는 '감히'라는 말을 내뱉을 대상일 뿐인 것이다.

흔히 법정 앞에는 두 눈을 가리고 양손에 저울과 칼을 든 여신상이 서 있는데, 율법과 정의의 여신상으로 불리는 이 조각상의 주인은 테미스 또는 그녀의 딸 디케다. 이때 여신이 두 눈을 가린 것은 앞날을 내다보는 예언자로서의 능력을 상징한다. 그리고 한 손에 들고 있는 저울은 공정한 판단을 의미하고, 또 한 손에 들고 있는 칼은 허구와 거짓으로부터 단호하게 사실을 잘라 냄을 의미한다. 그녀에게 중도(中道)는 없다.

나는 이 순간 국가와 국민의 부름을 받고
영광스러운 대한민국 검사의 직에 나섭니다.

공익의 대표자로서
정의와 인권을 바로 세우고
범죄로부터 내 이웃과 공동체를 지키라는
막중한 사명을 부여받은 것입니다.

나는
불의의 어둠을 걷어내는 용기 있는 검사,
힘없고 소외된 사람들을 돌보는 따뜻한 검사,
오로지 진실만을 따라가는 공평한 검사,
스스로에게 더 엄격한 바른 검사로서,

처음부터 끝까지 혼신의 힘을 다해
국민을 섬기고 국가에 봉사할 것을
나의 명예를 걸고 굳게 다짐합니다.

이상 의사들의 '히포크라테스 선서'처럼 검사들도 임관 시 사명감과 직분에 충실할 것을 다짐하는 '검사선서'를 우렁차게 외친다. 하지만 임용될 때 맹세하고 소지하는 검사선서는 가짜 검사들에게 휴짓조각으로 변해 버린다. 용기 있는 검사도, 따뜻한 검사도, 공평한 검사도, 바른 검사도 진급에서 누락되거나 지방 외직으로 전출되거나 또는 희생양이 되고 있다. 변호사로 개업을 하더라도 전관예우(前官禮遇)의 혜택(?)도 받지 못한다. 실제 업무 능력보다는 윗선의 인맥질, 정치질에 능한 검사가 잘나가는(?) 검사가 된다. 변호사를 개업하더라도 능력 있는 비검사 출신 변호사보다 능력 없는 검사 출신 변호사가 수임료가 몇 배 혹은 수십 배 이상 많다. 어떤 지검장 출신 변호사는 변호사로 개업한 첫해에만 50억 이상을 벌었고 수임장도 접수하지 않는 편법으로 세금도 내지 않았다. 특히나 한번 실패하면 빨간 줄이 평생 가는 형사사건에서는 기소독점권을 가진 검사가 절대 갑의 위치에 있기 때문에 고위급 검사 출신 변호사와 같은 유능한(?) 변호사를 수임한다. 송사에서 이기려면 유능한 법조인을 기용해야 되는데, 이 유능이라는 기준이 실력이 아니라 법조계 인맥과 정치력에서 갈린다. A 차장 검사는 이들로부터 많은 청탁을 받고 뒷돈을 챙겼으며, 심지어는 음주운전 뺑소니, 마약 운반책이란 범죄를 저질렀어도 기소하지 않거나 기소를 하더라도 집행유예로 가벼운 솜방망이 징계를 선고한다. 이런 기고만장한 기득권을 가진 A 차장 검사 같은 인간들은 살인을 범해도 무죄선고를 받아 줄 수 있다고까지 말하고 다닌다.

'검찰개혁' 구호가 뜨겁다. 서초동 일대 검찰개혁을 위한 시민들이 매주 거리로 나와 구호를 외친다. 대한민국 검찰에 문제가 많다는 것, 개혁이 필요하다는 것에 누가 이의를 제기할 수 있을까? 대통령의 공약으로 매번 내세워도 그 무소불위의 권력에 제대로 칼도 뽑지 못했다. 어느 누구도 하지 못하는 것을 국민들은 해냈다. 또 해낼 것이다. 검찰개혁의 뜨거운 구호가 고맙고 또 반갑다. 검찰이 저지른 반인권적 행태가 한두 가지가 아니고, 수없이 검찰개혁 구호가 등장했지만 국민들이 직접 나선 것은 처음이다. 그로 인해 공수처법 신설에 힘이 실렸고, 그 법안이 통과된 것이다. 썩은 고기를 먹는 동물은 썩은 악취가 난다. 그래서 이 무리들은 동네방네 부패의 악취를 풍긴다. 70년간 썩은 고기를 먹고 악취를 풍긴 이 집단을 단죄할 시기가 온 것이다.

검찰은 이전에도 개혁을 요구받고 떠밀리듯 자체 개혁을 약속했지만 어떻게 해서든 피해 갔다. 참여정부 시절 검찰개혁의 일환으로 대검 중수부 폐지 등 여러 방법을 써 보았지만 미봉책에 그쳤다. 검사들의 비위가 드러날 때만 잠시 고개를 숙일 뿐, 자신들의 기득권을 놓은 적은 없었다. 뜻있는 검사 한둘이 자성하는 목소리로 내부고발을 하더라도 오히려 그들을 적으로 간주하고 몰아내는 등 범죄자 혹은 배신자로 취급했다. 비위로 맺은 집단의 끈끈함은 혈연보다 진한 듯하다. 정치는 생물이라고 하는데 우리네 검찰과 사법부도 생물인 모양이다. 법이란 잣대가 있는데도 정치적 관점에서 마구 움직이고 있다. 자신들이 이로운 정당에 붙었다가 배신했다가 언론을 이용하며 여론을 움직이고 정치도 자신의 입맛에 맞게 조정하고 있다. 군사정권 시절에는 군인 출신들이 국회로 정치인으로 진출하는 것이 붐이었다면 군사정권이 물러난 후에는 법조인들이 정치인이 되는 것이 다반사다.

법을 다루는 사람은 공과 사를 떠나, 사상이나 이즘을 떠나, 자신의 이익을 떠나 공정이 제1원칙이다. 심지어 자신의 가족이 죄를 지었어도 심판해야 하는 것이 법을 다루는 사람이다. 하지만 현재 판사, 검사는 힘의 원리에 무죄도 유죄로 만들고, 유죄도 무죄로 만들기에 국민들의 원성을 사고 있는 것이다. 이런 나쁜 사람들이 또 다른 나쁜 사람들과 결탁해 사회를 구렁텅이로 빠뜨리고 있다. 단지 사회나 국가는 뒷전이고 오로지 자신의 사익을 위해서 말이다.

2

공수처법이 국회 본회의를 통과하기 전 그러니까 A 차장 검사가 살해되기 일주일 전 완준, 경호, 재훈과 알라딘에서 금요일 모임을 가졌다. 어김없이 열띤 토론의 장이었다. 최근 몇 달간 이슈가 되고 있는 사법개혁 문제가 주제였고, 나의 다섯 번째 자연으로 보낼 대상자에 대한 토론이 주였다.

“지금 법무부 장관이 잘했고 못했고를 떠나 공평하지 못한 검찰들의 행태가 지들이 정치를 하려고 하잖아. 70~80년대 군인들이 했던 군부정치를 이제는 검사들이 하고 있잖아. 그래서 다수의 시민들을 또다시 주말에 거리로 몰고 있어." 완준이가 먼저 단도직입적으로 토론을 주도하는 말을 던졌다.

"완준이가 모처럼 강한 발언을 하네? 하하하. 뭔 일 있니?" 토론이 격하게 흘러가는 것을 경호가 웃으며 농을 던졌다.

"내가 처음부터 너무 세게 나갔나? 그럼 약한 것부터 해 볼까? 지금 광화문이 토요일이면 관광객들과 비즈니스맨들로 북적거려야 하는데 정권에 반대하는 그리고 공수처에 반대하는 극우파들로 붐벼서 장사가 안된다고 한숨을 내쉬고 있어." 완준이의 다소 고무된 표정이 경호의 리드로 다소 부드러워진 말투로 바뀌었다.

"말 나온 김에 광화문 집회와 서초동 집회를 동시에 취재하고 있는 사회부 기자로서 현장에 가 본 느낌과 팩트를 알려 줄게. 먼저 서초동 집회는 주위 장사가 잘된다고 하네. 모두들 자발적으로 가족 단위로 참여하는 사람들이 많아서 편의점, 식당 등 장사가 잘되고 거리도 집회가 끝나면 스스로 청소를 하고 가서 불편한 건 모르겠고 단 소음 이외에는 좋다는 입장이었어. 광화문은 동원된 사람이건 아니건 대부분 노인들이 많이 모인 집회여서 편의점에서 물과 음료수 이외에 식당 등 주변 가게들이 장사가 안된다고 하소연을 늘어놓았어. 또 화장실이 부족해 아무 데나 볼일을 봐서 미칠 지경이라고 하더라. 나도 광화문 집회에서 국회위원들 인터뷰를 하려고 다가가니까 어디 기자냐며 따지면서 폭력적이었어. 입도 너무 거칠었어." 경호가 최근 양쪽으로 갈라진 집회에 대해 사상을 뺀 현장에 대해 말했다.

"내일은 야당 국회의원들 및 공수처법을 반대하는 사람들이 모두 집회에 참석한다는군." 경호가 한마디 더 이었다.

"탐욕과 명예에 쫓겨 사회가 국가가 썩어 가도 눈 막고, 귀 막고, 입 막고 자신의 이익만을 위해 달려가고 있어. 단지 몇 년 길게는 고작 20~30년밖에 더 살지 못하면서 자신이 이 사회의 주인인 양 행동하잖아. 우리 사회, 우리 국가, 우리 세계의 주인은 앞으로 태어날 후손들인걸. 진흙탕에 살게 될 후손들은 그들에게는 안중에도 없어." 완준이가 경호가 말을 끝내자마자 말했다.

"인간은 본디 객관적인 걸 보는 게 아니라 보고 싶은 것만 보네요. 파란 안경을 쓰면 파랗게 보이고, 빨간 안경을 쓰면 세상이 빨갛게 보이는 거죠. 즉 역지사지하기가 너무 힘든 것 같아요." 재훈이도 이제 우리들 토론에 적응해 가는 듯 소신껏 말했다.

"저 국회의원들 자신들이 만든 법을 자신들이 어겨 놓고 권력 가진 검찰에 조사하지 말라는 이 코미디 같은 현실, 이 현실을 TV로 생방송으로 지켜봐야 하는 국민들의 심정을 알기나 할까?" 나는 뉴스에 나온 패스트트랙 위반 의원들의 발언을 보면서 말을 했다.

"경호야! 이제 내가 부탁한 A 차장 검사에 대해 말 좀 해 줄래?" 나는 다섯 번째 타깃인 A 차장 검사로 주제를 바꾸었다.

"우리 모두가 알다시피 A 차장 검사와 버금가는 나쁜 검사들이 많아.

하지만 그중의 최고봉은 역시 A 차장 검사인 건 틀림없는 것 같다. 유서대필사건, 간첩조작사건, 고위급 음주운전 뺑소니 무죄사건, 살인범 바꿔치기, 작전주에 개입해 개미들을 속이고 부당한 이익을 몇백억이나 챙긴 인간을 무죄로 풀어 준 사건 등 A 차장 친인척 비리를 뺀 부조리한 사건만 해도 일반 국민이었더라면 목숨이 열 개라도 모자란 형량을 받았을 거야."

"경호 형님, 그렇게나 많아요? 재훈이가 눈을 동그랗게 뜨며 경호에게 되물었다.

"내가 말 안 한 성매매 사건들을 포함하면 오늘 밤새워도 모자랄 판이다. 재훈아."

"이 나쁜 놈은 술과 여자를 너무 좋아해서 하루가 멀다고 접대를 받고 다녀. 강남 룸살롱이 있는데 거의 10년째 단골인데 거기 아가씨들과도 1년에 한 명꼴로 바꿔가며 불륜을 저지르고 있지. 그 아가씨들 모두 오피스텔 한 채씩은 다 받았을 거야. 물론 A 차장 검사 본인 돈은 아니지. 스폰서가 한둘이 아니라 찾기도 힘들어."

"나도 그 룸살롱 알아. 거기 지배인이 잘 아는 동생이야." 완준이가 경호의 말을 듣고 정보를 보탰다.

"참 한심한 작자야! 지금 세상 모든 것을 다 가질 수 있을 것처럼 기고만장하지만 세상 떠날 때는 아무것도 없고 허무, 허무, 허무한 후회만 가져갈 게 분명한데 말이야." 나는 다음 타깃임을 암시하는 말을 했다.

"완준아 그러면 그 룸살롱 동생한테 A 차장 검사가 언제 오는지와 어떤 차를 타는지? 넘버가 어떻게 되는지 좀 알아봐 줘."

"그래, 알았어."

3

일주일 후 금요일 늦은 저녁 A 차장 검사가 온다는 정보를 미리 알고 강남 룸살롱으로 향했다. 국내 최고급 세단을 타고 나타나자 검정 양복을 입고 잘 보이지 않은 명찰을 착용한 건장한 두 남자가 연신 허리를 구부리고 인사를 하며, 그를 화려하고 고급스러운 대리석 계단으로 된 룸살롱으로 에스코트해 데리고 들어갔다. 그가 타고 온 차는 덩치 중 가장 어려 보이는 남자가 몰고 룸살롱과 호텔로 되어 있는 건물의 지하 주차장으로 몰고 갔다. 나는 주차장으로 달려가고 싶지만 주차장에는 감시 카메라가 너무 많아 내가 노출되지 않는 방법은 희박하다.

그 고급 룸살롱은 회원제로 이루어져 있으며 두 명이 기본으로 아주 저렴하게 먹어도 300만 원은 훌쩍 넘긴다고 한다. 연예인보다 예쁜 여자 종업원과 발렌타인 17년 정도는 컵을 세척하는 용도로 쓴다는 가게로 유명하다. 또 A 차장 검사는 아가씨와의 2차는 옵션도 아닌 기본에 속한다. A 차장 검사는 보통 3시간가량 술자리를 가지며 특별한 경우를 제외하고는 자신의 파트너와 그 건물 호텔로 직행하였고, 호텔로 이동하면 종업원들은 대리기사에게 전화를 걸어 대기시켜 놓는다고 한다. 이번 작전은 대리기사 역할이다. A 검사가 아가씨의 허리를 감싸고 호텔로 들어가는 것을 목격한 뒤 곧바로 룸살롱에 전화를 걸었다.

“○○대리기산데요. 제가 가게 근처에 있는데 A 검사님을 본 것 같아 전화드렸습니다.”

“아, 잘됐네요. 안 그래도 지금 부르려고 했어요. 가게로 와 주세요.” 종업원은 조금의 의심도 없이 말했다. 주위가 시끄럽고 바빠서 전화도 빨리 끊으려 하는구나 느낄 정도로 종업원의 통화 대응은 건성건성이었다.

“저, A 영감님 대리기산데요. 제가 며칠 전에 들어와서 A 영감님 차가 어디 있는지 잘 모르겠네요. 수고스럽지만 가져다줄 수 없을까요?” 나는 룸살롱 입구에 있는 덩치에게 따뜻한 커피를 건네며 부탁했다.

“잠시만 기다려 보세요.” 덩치는 무뚝뚝했지만 다른 의심 없이 가게로 내려가며 말했다.

10분 후쯤 또 다른 종업원으로 보이는 사람이 A 검사 차량을 몰고 호텔 로비에서 조금 떨어진 장소에 정차했다. 나는 그 모습을 보고 재빨리 차량 뒤를 쫓아가 인사를 하며 차 키를 건네받고 운전석에 자리 잡았다. 운전석 옆에는 숙취해소음료 두 병을 두었다. 두 병 모두 수면제를 넣은 것이다. A 검사는 워낙 의심이 많다는 소문을 들어 혹시나 하는 마음에 각기 다른 음료를 준비해 둔 것이다. 나의 휴대폰 전원도 껐다.

차에 탑승한 후 20분가량 지났을 즈음 A 차장과 2차를 나간 아가씨가 호텔을 빠져나갔고, 그 후 10분 후 A 검사로 로비 회전문을 밀며 나왔다.

"영감님 차는 저쪽에……."

"……." A 검사는 나를 힐끗 쳐다보더니 아무 말 없이 나의 뒤를 따라 자신의 차 쪽으로 향했다.

"술을 좀 깨시라고……." 나는 숙취해소제를 따서 뒷좌석에 앉은 A 검사에게 건넸다.

"이거 말고 없나?" 예상대로였다.

"이거는 어떻습니까?" 나는 미리 준비해 둔 또 다른 음료를 보여 주었다.

"따지 말고 그냥 줘. 내가 딸게." 내가 음료를 따려고 하자 재빨리 나의 행동을 가로막았다.

"못 보던 기사네?" A 검사가 음료를 돌려 따며 말했다. 말투며 행동이며 전혀 취한 것 같지 않았다.

"네, 일주일 됐습니다. 영감님 뵈어서 영광입니다. 말씀 많이 들었습니다. 편안히 모시겠습니다." 마음에도 없는 말이 술술 나왔다.

"댁으로 모실까요?"

"아니, 분당으로 가지." A 검사가 내가 건네준 음료를 단숨에 들이켜며 말했다.

"예, 알겠습니다. 영감님."

A 검사 집은 반포다. 분당은 내연녀의 집이다. 본집과 내연녀의 집 주소를 미리 다 알고 있는 터라 전혀 난처한 상황은 아니었다. 오히려 나의 계획이 순조롭게 진행되고 있었다. 반포 본집으로 갈 경우와 분당 내연녀의 집으로 갈 경우를 미리 대비했지만 반포로 갈 경우는 CCTV가 너무 많아 동선을 정하기가 난해했다. 또한 A 검사를 처리할 장소도 많지 않았다. 하지만 분당은 아파트단지 이외에는 아직 CCTV가 설치된 곳이 한정적이고 내연녀 집이 있는 아파트단지 근처에는 도린곁이 많았다.

분당·수서 간 고속도로에 오르자 A 검사의 숨이 거칠어졌다. 몇 분 후에는 차가 흔들릴 정도로 코를 골며 곯아떨어졌다. 차는 대형 마트를 지나 정자동 정자공원 숲길로 향했다. 인적이 드문 곳에 방범용 카메라도 없음을 미리 확인했다. 뒷자리에 고개를 떨어뜨리고 잠에 빠진 A 검사를 팔과 다리를 결박하고, 깨어나도 소리를 지르지 못하도록 입에도 재갈을 물렸다. 휴대폰과 차량 블랙박스는 도착과 동시에 전원을 끄고 메모리카드는 제거했다. 이제 그를 깨워야 한다. 왜 죽어야 하는지는 알려 줘야겠다. 새벽 2시를 지나 흔들어 깨웠지만 코를 고는 것만 잠시 멈출 뿐 깨어나지 못했다. 많은 생각이 머리에서 떠나지 않았다. 하지만 두려움은 없다. 차 안의 시계가 4시를 알릴 즈음 A 검사가 신음을 내며 뒤척이고 있었다. 나는 뒷좌석으로 이동해 다시 그를 깨웠다. 그제야 수면제에 취한 동공 풀린 눈을 깜빡거렸다. 나는 그의 뺨을 몇 대 때리며 그를 깨웠다. 그의 눈은 점점 또렷해졌고, 커졌다. 커진 눈의 시선은 나에게 고정되었다.

"으으…… 으음음." 그는 아직 상황 파악이 되지 않는 듯 신음 소리를 내며 몸의 결박을 느끼고 있었다.

"내가 누구냐고요?" 나는 그에게 물린 재갈을 풀어 주며 말했다.

"너 누구야? 내가 누군지 알아?" 재갈이 풀리자마자 그가 내뱉은 말이다.

"그 식상한 멘트. 지겹네요. 당신이 누군지 알죠. 그 대단하신 A 차장검사님이시죠."

"너, 내가 가만히 안 둘 거야. 이거 안 풀어!"

"당신은 죽기 전에 이 결박을 풀지 못할 거예요."

"나한테 원하는 게 뭐야?"

"원하는 거라? 서서히 잘못을 뉘우치고 자연으로 돌아가는 거요."

"많은 죄 없는 사람 괴롭히고 죽음에까지 몰고 간 당신이 가야 할 곳이기도 하죠. 더 이상 사회에 패악질을 그만하시고 계속 주무시게 해 드릴게요."

"내가 무슨 짓을 했다고 이러는 거야? 당장 안 풀어?" A 검사의 기세는 꺾임이 없었다.

"아직도 뉘우침이 없는 걸 보니 당신을 풀어줘 봐야 더 많은 희생자들만 생길 게 불 보듯 뻔하네요. 당신 같은 사람들이 살아 있음으로써 더 많은 사람들이 억울한 일을 당할 거예요."

"대부분이 이렇게 산단 말이야. 왜 나한테만 이러는 거야?"

"맞아요. 당신만 나쁜 놈이 아니라 무수히 많죠. 당신 한 명 자연으로 보낸다고 자정 능력이 생길 리 만무하지만, 국민의 신뢰를 회복할 수는 없겠지만 바위에 부딪히는 파도 정도는 되겠죠. 또 당신들은 발버둥 쳐 봤자 정치인들의 사냥개일 뿐이에요. 군인들이 실세였을 때도 그랬고, 국민들이 개검이라고 부르는 당신들도 오래 가지 않을 겁니다. 국민들은 더 이상 멍청이가 아니거든요. 지옥은 당신 같은 인간들로 꽉 차 있나 봐요. 그래서 이 세상으로 왔나 봐요? 이제 당신도 이승에서 할 만큼 했으니 다시 지옥으로 돌아가시죠? 다음에 실수로 다시 태어나면 좋은 능력으로 바르게 사세요. 바람을 바라보고 침을 뱉는 오류를 범하지 마세요. 부디!"

A 차장 검사의 목에 힘을 서서히 가하며 말을 이어 갔다. 뒤로 묶인 A 검사의 손은 카시트를 요란하게 긁고 있었고, 그의 다리와 허리 배 등을 이용해 나의 압박을 피하려고 했다. 하지만 나의 압력에 10초를 견디지 못하고 온몸에 힘이 빠지며 팔다리가 늘어졌다. 눈에는 눈물이 흘러내리고 있었다. 참회의 눈물은 결코 아닐 것이다. 차 안과 A 검사의 몸에는 여기저기 저항흔이 남았다. 나도 온몸에서 힘이 빠져 축 늘어져 A 차장 검사의 주검 위에 쓰러져 한동안 움직일 수가 없었다.

곧바로 쓰러질 듯한 몸으로 A 검사를 바로 눕고 손발을 묶은 결박은 풀어 준 후 나의 흔적을 지우고 차에서 내려 차에서 멀어져 갔다. 얼마나 걸었을까? 하염없이 큰길, 작은 길, 아파트단지, 병원 등을 지나갔다. 해가 한겨울에 비해 길어졌다지만 한 시간 이상은 더 지나야 또 새로운 해가 뜰 것이다. 저 해처럼 개혁은 끊임없이 이루어질 것이다. 개혁을 위해 촛불을 드는 저들은 내가 악인들을 격리시키는 일과 같다. 저들이 곧 나이고 내가 곧 저들이다.

온갖 생각에 한강 넘어 해가 뜨고 있다는 것도 잊었다. 발바닥이 아파오고, 찬 바람을 맞은 얼굴은 감각이 없을 정도다. 토요일이라 다소 한가한 아침이지만 자동차들이 붐빈다. 나도 집으로 향하는 버스에 몸을 실었다. 따뜻한 차 안 온기가 나를 잠에 빠뜨렸지만 본능적으로 집 근처에 다다르자 눈이 떠졌다. 어느 해보다 따뜻한 겨울인 올겨울. 한 정거장 앞에서 내려 집 근처 개천을 따라 또다시 걸었다. A 차장 검사와 국민들을 증오에 빠뜨린 검사와 우리나라 법을 집행하는 인간들과 그 법을 만드는 인간들을 생각하면서…….

검사들은 국정농단에 대한 날카로운 정의의 칼인 줄 알았더니 그 역시도 양심 없는 망나니가 칼을 쥐고 춤을 추듯 칼을 휘두르고 있었고, 그것을 정치적으로 이용하는 정치인들.

열흘 붉은 꽃 없다는 것을 명심해라. 너희들이 휘두른 칼은 다시 부메랑이 되어 너희들 심장에 꽂히는 날이 온다는 것을…….

겨울이지만 아직도 낙엽이 떨어진다. 예쁜 낙엽이 우아하게 춤을 추며 떨어지기도 하고 찢어지거나 오물들이 묻어 중심을 못 잡고 빙글빙글 방정맞게 떨어지는 낙엽도 있다. 인간도 찌든 때에 또는 탐욕에 중심을 잡지 못하면 빙글빙글 방정맞게 떨어질 수도 있을 것이고, 완전한 낙엽으로 책갈피에 넣어 오래오래 간직되는 낙엽도 있을 것이다. 이것이 자연의 섭리인 것이다.

10. END, 진저한 행복을 찾아서

이기적일 때보다 이타적일 때

행복감은 더욱 크다

이것이 인류의 존속 이유이기도 하다

깊은 잠에서 깨어나 정신을 차려 생각해 보니 어젯밤에는 처음으로 냐옹이가 나를 마중하지 않았다. 불길한 예감이 들어 씻지도 않고, 눈곱도 떼는 둥 마는 둥 그대로 오피스텔 정원으로 내려갔다. 나무 사이를 둘러보고 벤치 아래도 내려다보다가 "냐옹아, 냐옹아." 불러도 봤으나 냐옹이는 보이지 않았다. 30분 정도 찾아 헤맸을 즈음 정원 화단 끝에서 냐옹이의 털과 비슷하게 생긴 희고 갈색 섞인 아이보리빛의 물체가 보였다. 냐옹이가 머리에 피를 흘리고 죽어 있었다. 나도 모르게 괴성을 지르고 말았다. 피가 말라 있었지만 핏빛과 냐옹이의 상태를 보니 하루도 되지 않은 듯 보였다. 냐옹이를 그대로 들어 안았다. 만물이 소생하는 따뜻한 봄이 다가오지만 냐옹이의 몸은 차가웠다. 아니, 얼음처럼 냉기까지 흘러 냐옹이를 안은 내 가슴은 마비가 올 정도였다.

"죽어야 할 악인이 또 자연을 해쳤구나! 미안하구나, 냐옹아!"

난 냐옹이를 천으로 된 흰 보자기에 싸서 가까운 산기슭에 묻어 주었다. 이렇게 나의 아테나와 작별했다.

냐옹이의 죽음으로 나도 더 이상 이 일을 하지 않으리라 마음먹었다. 이제 그 일을 그만하라는 자연의 개시 같았다. 나를 옆에서 도와주러 온 냐옹이로 변신한 아테나가 떠났기에 나는 더 이상 악인도 죽이지 않으리라 생각했다. 내가 5명의 악인을 자연으로 돌려보내고도 내가 용의 선상에도 있지 않은 이유는 순전히 냐옹이, 아테나의 도움이라 믿는다. 그들의 죽음은 완벽하지 않았지만 완벽하게 만들어졌다는 것이 우연이 아닌 것이다. 왜 신은 인류에 악인과 선인, 광기와 이성, 증오와 사랑, 교만과 겸손, 더러움과 깨끗함이 공존하게 만들었을까? 왜 나와 재훈이 그리고 나의 친구들 같은 사람이 생겨나게 만들었을까?

인류는 핵무기로 인해서만 파괴되는 것이 아니다. 탐욕과 착취와 이기적인 인간들에 의해 결국 파괴될 것이다. 교육, 종교, 정치, 법이 무너지게 되면 결국 자신이 가진 권력과 재산도 무용지물이다.

돈이면 법 앞에서도 신 앞에서도 우위에 있을 수 있다고 믿는 사람들이 점점 늘어나고 돈 때문에 인륜과 천륜을 버리는 경우가 다반사다. 과연 물질이 신이고 도덕이고 행복이라 느끼는가? 나는 공중목욕탕 같은 사회가 오리라 믿는다. 바나나 우유를 먹는 사람, 그냥 우유를 먹는 사람, 얼마의 돈을 주고 세신을 하는 사람, 가족이나 동료와 같이 와 서로 때를 밀어 주는 사람같이 조그마한 불평등이 아닌 불평등만이 존재하는…….

모두 알몸의 공평한 사회가 올 것이라고 믿는다. 공중목욕탕에서는 누구의 눈치도 볼 필요도 없고, 잘 보일 필요도, 애써 가면을 쓰고 행동하지 않아도 되며, 온탕, 냉탕, 한증막에 들어서면 모든 근심, 걱정이 사라짐을 느끼지 않던가? 쾌락이 따로 있지 않다. 근심 걱정 없는 것이 곧 쾌락이 아니던가! 명품 수트, 고급 승용차, 명품 시계, 명품 구두, 명품 가방을 모두 벗어 던지고 따뜻한 온탕에 들어가 보라! 그보다 좋은 명품은 없다는 것을 느낄 것이다. 권력과 금욕에 대한 욕망은 끝이 없다. 하지만 그 소유로 오는 행복감은 높지 않다. 오히려 비움에서 오는 행복감이 훨씬 더 크다. 어렵게 모은 재산이나 권력을 올바른 곳에 사용하는 행복감이야말로 진짜 행복인 것이다.

돈과 권력은 결코 인간을 행복하게 만들지는 못한다. 소유하려는 욕망은 끝이 없고, 만족이 없기 때문에 삶을 피폐하게 만든다. 소유하려는 욕망 때문에 탐욕, 경쟁, 분노, 갈등을 야기한다. 지금의 사회의 문제점이기도 하지만 특히 권력에 눈이 먼 정치인, 사법부의 병폐가 더욱 심각하다. 본인들이 행복하다는 생각을 하지 못하고, 권력과 재력을 늘려 가면 더 행복할 것이라고 착각하며 살고 있다. 그들 무리에 속한 대부분이 그러하니 비정상이 정상처럼 보이는 망각에 빠져 버리고 만 것이다. 인간은 누구나 대접받기를 좋아한다.

권력의 맛은 그 대접받는 맛에 빠져 마약과 다르지 않다. 대접받는 걸 좋아하는 것은 본능이다. 인간과 동물이 다른 점은 본능이 아닌 이성에 의해 생활한다는 것이다. 권력에 의한 대접은 그때만 어깨를 으쓱일 수는 있어도 결코 기쁘지 않다는 것을 느낄 것이다. 오히려 나누거나 베풀 때 고마워하는 상대를 볼 때 행복감은 열 곱은 더 됨을 느낀 적이 있을 것이다. 어느 드라마 대사가 생각난다. "잘사는 사람들은 좋은 사람 되기 쉬워." 이 말에는 높은 지위, 많은 재산, 권력이 있는 사람이 나누고 베풀 것이 많고 그로 인해 행복감을 느끼기 쉽다는 말로 해석할 수 있지 않을까!

난 이 부조리한 부도덕한 인간들을 단죄했거나 처벌했다고 생각하지 않는다. 단지 이 고된 이승에서 아등바등 살아가는 인간들과 격리시키고 싶었을 뿐이다. 현세의 사람들을 더 힘들게 하는 것을 보고 싶지 않아서다. 나의 이러한 행동들로 인해 내 육체가 야수의 먹이가 되고 내 영혼이 떠돌이가 되어도 후회하지 않는다. 설령 불구덩이 넘실대는 지옥으로 떨어진다 해도 마찬가지다.

육체적인 쾌락이 쾌락이라는 용어를 독점하고 있는 요즘 세상은 도덕적 쾌락을 말하면 고리타분한 사람이라고 여기는 이도 많을 것이다. 하지만 육체적 쾌락은 순간적이며 영원하지 않은 반면 도덕적 쾌락은 영원할 수 있다.

독일의 계몽철학자 임마누엘 칸트는 이렇게 주장했다. 행복을 그 자체로서 추구해서 안 되며, 반드시 도덕적 결과로서 성취해야 한다고…….

나 자신을 포함한 모든 자연은 재판관이고 복수자이며 희생자이다.

나의 마음의 바다는 평화와 고요를 추구한다. 하지만 더 깊은 심해로 갈수록 괴물이 꿈틀거린다. 그 괴물들이 자꾸만 잔잔한 물결을 회오리치게 만든다. 어머니 품속에 잠들어 있는 것을 그냥 놔두질 않는다. 지옥은 다른 곳에 있지 않다. 이 사회에 있는 아무 죄책감도 없이 불법을 자행하고 타인들은 무시하는 이런 인간들이 판을 치는 이곳이 지옥이다.

인류가 아무리 발전해도 자연을 이기지 못한다. 불완전한 인간이 아무리 자연 위에 군림하며 자연에 생채기를 내더라도 자연은 눈 하나 깜짝이지 않는다. 조용히 심호흡만 해도 보잘것없는 인간은 바짝 바닥에 엎드리며 자연에 순종하고 만다. 내가 떠난다고 재훈이나 완준이가 나의 뒤를 이어 그 일을 계속한다고 변할 것은 없다. 하지만 실망하거나 낙담하지는 않는다. 그래도 지구가 멈춰 있는 것 같지만 우주를 여행하고 있듯이 우리가 느끼지 못하지만 변할 것이기 때문에. 혹자는 "너 혼자 애쓴다고 이 세상은 바뀌지 않아."라고 말하겠지만 나도 알고 있다. 당장은 바뀌지 않는다는 것을. 하지만 벽돌 한 장은 집이 될 수 없지만 그 벽돌이 모이면 튼튼하고 안락한 집이 된다. 나는 한 장의 벽돌이 되고 싶다.

나는 내가 행한 그들을 향한 행위를 정당화시키고 싶지는 않다. 나의 이러한 행동은 도덕적인 행동을 가장한 잔인성이며 도덕적인 열정에 고무된 본능에 가까운 행동인 것이다. 내가 신이 아닌 불완전한 인간이고 자연의 일부이므로 그들을 처벌할 자격이 없다는 것 또한 안다. 하지만 나는 내가 저지른 일에 대한 판결을 인간에게 맡기고 싶지는 않다.

경찰서 유치장이나 구치소, 교도소의 눈금이 그려진 흰 벽에 서서 머그샷을 찍힌 후 손가락질받고 싶지 않으며, 또한 내가 연쇄살인범으로 매스컴을 떠들썩하게 이슈화되어 인간들의 입에서 옳고 그름, 갑론을박의 대상이 되고 싶지 않다. 그리고 나를 추종해 모방범죄로 이어지는 것을 원치 않는다. 그래서 나 스스로 죗값을 치르러 떠날 것이다.

나는 이 악마들을 하나씩 하나씩 자연으로 돌려보낼 때마다 나의 몸에 걸친 거추장스러운 옷들도 한 겹씩 한 겹씩 벗겨지는 걸 느낀다. 나도 곧 알몸이 되어 자연으로 돌아가게 될 거란 것도 알고 있다. 하지만 나는 이 부조리 세상에서 잠시 떠나지만 보이지 않는 이 전쟁은 끝나지 않을 것이다.

오늘은 나의 마지막 출근길이다. 이 출근길이 그리울 수는 있어도 다시는 겪고 싶지 않다. 목도 따갑고, 콩나물시루 같은 지하철, 술 냄새, 담배 냄새, 화장품 냄새, 사람 냄새. 내가 좋아하는 사람 냄새는 이게 아닌데…….

"좋은 아침입니다." 나는 처음으로 큰 소리로 아침 인사를 했다. 다들 이런 나를 쳐다보았다. 나의 출근 시간이 조금 늦었기도 했지만 이렇게 큰 소리로 인사하는 모습을 본 적이 없었던 것이다. 오늘은 모닝커피도 건너뛰고 인사국으로 가서 인사국장에게 사직서를 제출했다. 인사국장의 눈이 저렇게도 컸던가? 오늘 모두들 어린이 만화에서나 볼 수 있는 눈 큰 캐릭터를 한꺼번에 보게 될 것 같다.

내가 사표를 내자마자 회사의 SNS 소통망은 다들 분주했다. 모두들 삽시간에 나의 사표 제출을 알았다. 제일 먼저 달려온 사람은 당연히 재훈이었다.

"이게 무슨 일이에요?" 재훈이도 큰 눈을 더 크게 뜨고 달려오며 말했다.

"넌 이런 날이 올 줄 알았잖아?" 내가 재훈이의 배를 툭 치며 말했다.

"예상은 하고 있었지만 이렇게 빨리 올 줄은 몰랐어요."

"저도 나의 멘토님 따라갈게요." 재훈이 의미심장한 말을 했다.

"네가 왜 날 따라와?" 나는 이상한 느낌이 들어 물었다.

"너 혹시?"

"네, 맞아요."

"네가 공장 대표와 군수를 그랬단 얘기야?" 나는 재훈이 팔을 잡고 구석으로 밀치며 말했다.

"한 명 더 있어요. 치킨 체인점 사장이요. 가맹점 업주들 고름을 짜 먹고 갑질을 일삼는 체인점 사장도 제가 그랬어요."

"그 사건은 3일밖에 안 됐잖아?"

"하하." 재훈이의 표정은 유난히 밝아 보였다.

"넌 아이가 셋이나 있는데 어쩌려고 그런 일을……."

"저도 제자신을 찾은 것 같……." 재훈이가 말을 끝내기도 전에 김 대리가 높은 하이힐을 신은 채 달려오며 말했다.

"장난이죠?" 눈에는 콘택트렌즈 수십 개가 붙어 있는 것처럼 눈물을 글썽이고 있었다.

"왜 울어 김 대리. 나 공부 좀 더 하고 오려고." 나는 김 대리를 달래며 거짓말을 했다.

"그래도 그렇지 이렇게 갑자기 이러는 법이 어딨어요? 나 이제 이 과장님 안 좋아할게요. 안 괴롭힐게요." 김 대리의 눈은 아이라인이 번지고 흘러내렸지만 아랑곳하지 않고 나를 말렸다.

"괴롭히다니? 난 김 대리 덕분에 행복했는걸. 난 너희들 아니었으면 벌써 사표 냈을 거야. 김 대리 이제 마스카라 망치는 남자 좋아하지 말고, 립스틱 망치는 남자를 좋아해."

"지금 농담이 나와요?" 김 대리가 나의 농담에 웃음 띤 얼굴로 눈을 흘기며 말했다.

이렇게 온종일 직장 동료와 인사를 나누었더니 나도 눈시울이 뜨거워졌고, 가슴에 스티로폼이 들어앉은 것처럼 답답했다. 재훈이 걱정도 한몫했고, 그동안 정들었던 후배들도 보고 싶을 것이다. 그나저나 저 순하디순하고 착한 재훈이를 어떻게 해야 하나? 내가 떠나면 재훈이는 도와줄 사람도 없을 텐데. 이제 재훈이도 3명이나 격리시켰으니 어쩔 도리가 없다.

회사에 있던 나의 짐을 들고 집으로 왔다. 이제 슬슬 준비를 해야겠다. 며칠을 정리하며 이것저것 다 버리고 나니 고작 옷가지 몇 벌을 포함한 나의 인생은 이 작은 트렁크 가방에 들어갈 만큼의 짐밖에 되지 않는다. 나뿐만 아니라 대부분 사람들도 마찬가지일 것이다. 그런데 왜 그렇게 아등바등 달팽이마냥 무거운 짐을 지고 살려는 것일까? 그것이 잘 살았다는 자기만족일까? 허탈함과 아쉬움이 밀려왔다.

"꼭 그런 결정을 내려야 하는 거니?

"자수를 하든지, 아니면 내가 돈을 줄 테니 여기를 떠나. 아무도 널 찾지 못하는 곳으로." 창호와 완준이가 나의 결정을 되돌리려고 설득했다.

하지만 그들도 그런 설득이 아무 의미 없다는 것을 알고 있다. 다만 우리는 눈앞에서만 사라질 뿐 우리의 생각은 내가 육체가 없다고 통하리라는 것을 믿고 있다.

"너희들도 나와 비슷한 생각을 갖고 있잖아? 나처럼 저들을 자연으로 보내지는 않을지 모르지만 스스로 자연으로 돌아간다는 생각은 같잖아?" 나는 완준이와 경호의 눈을 반복해 바라보며 말했다.

"그래, 맞아. 우리는 힘도 없고 백도 없지만 우린 자연이라는 힘 있는 신이 존재하잖아. 나도 곧 너를 따라갈 거야. 나도 내 스스로 자연으로 돌아갈 거니까." 경호가 먼저 내 말에 대답했다.

"나도 그래, 창호야! 내가 돈을 모으는 이유를 너는 알잖니? 나도 내가 계획한 목표를 달성한 뒤 자연으로 갈 거야. 신은 스스로 자연으로 돌아오는 인간이 무례하게 보일지 모르지만, 신이 인간에게 준 유일한 특권이기도 하잖아. 우리가 20년을 같이 부대끼며 지내면서 말이 통했던 첫 번째 이유가 이거잖니. 하하하." 완준이가 웃으며 말했다.

"변하지 않는 나의 철학, 변하지 않는 나의 사랑, 변하지 않는 나로 남기 위해, 지금의 현실에 낙담하고 회피하기 위한 것도 아니야. 완벽한 여정이 아니더라도 나의 여정을 따라 곧은 철학으로 따라와 줄 사람들을 위해 떠나려고 하는 거야."

"그래, 난 너희들이 있어 행복했다." 이렇게 나의 동반자들과 마지막 인사를 나누었다. 우리는 다시 보지 못하고 만지지 못하는 육체를 뜨겁게 안아 주었다. 하지만 모두들 눈물을 흘리거나 슬퍼하지는 않았다.

이제 작별 인사를 해야 할 한 사람만 남았다.

나의 아프로디테에게!

여신이여, 다음 생애에는
부디 아버지, 어머니와 오래오래 행복한 인생을 살아요.

그리고 더 좋은 남자 만나서

예쁘고 착한 아들딸 낳고

고생도 외로움도 그리움도 없이 살아 줘요.

나를 만나지 않아도 괜찮아요. 나의 아프로디테여!

내가 자연으로 돌아가기 전 나의 아프로디테를 한 번만 보고 싶다. 제발 한 번만 보게 해 주세요. 자연이시여! 하지만 볼 수는 없다. "약속 지켰어요! 나의 아프로디테여, 당신이 나의 마지막 사랑이 될 거라는 걸!"

아프리카행 비행기에 올랐다. 오늘 내 영혼은 새처럼 가볍다.

나의 신인 냐옹이를, 사자를, 호랑이를, 자연을 만났다. 누구에게나 있는 죽음에 대한 공포가 나에게는 없다. 오히려 너무 편안하다. 엄마의 품에서 잠을 잘 수 있다는 안도감마저 준다. 나는 신이 어떤 존재인지는 모른다. 하지만 항상 곁에 있다는 것은 느낀다. 그것이 자연이라고 믿는다.

나는 이제 보지도 못하고, 만지지도 못하고, 냄새도 맡지 못하고, 꿈도 꾸지도 못하고, 배도 고프지 않고, 아프지도 않고, 말할 수도 없고, 들을 수도 없으며, 생각할 수도 없고, 여름에는 덥지도 않고, 겨울에도 춥지도 않으며, 사랑을 구걸할 필요도 없고, 불면증으로 괴로워할 필요도 없다. 내가 나의 어머니로부터 태어나기 전에 그랬던 것처럼…… 이것이 죽음이고, 이것이 자연인 것이다.

만약 나의 육신이 남아 묘지나 납골당 또는 수목원 등에 묻히면 나를 위한 묘비의 글귀로 '이번에는 내가 먼저 승진해서 행복합니다.'라고 남겨 주길 바란다.

에필로그

학창 시절 국어를 가장 싫어했던 나. 국어가 가장 어려웠던 나. 글쓰기를 싫어했던 나. 학력고사에서 내가 틀린 문제 절반 이상을 국어로 까먹은 나는 기자가 꿈이었다. 사진을 전공한 것은 기자가 되기 위한 충분조건이었지, 필요조건이 아니었다. 글쓰기에 재능이 없다는 것을 알기에 많은 기사와 책을 읽었다. 나는 이 책이 출간되더라도 작가라는 소리는 듣고 싶지는 않다. 나의 생각과 내가 살아온 날에 대한 반성을 끄적이는 미천한 사색가일 뿐이다.

기자 초년병 때는 기사를 주로 읽었으며, 마흔이 넘어서부터 인문 서적을 주로 읽었고, 나도 내 생각, 내 사상, 내 역사를 기록하고 싶어졌다. 표현은 모방할 수 있어도 생각은 모방할 수 없다는 것을 보여 주고 싶었다.

먼저 나는 이 책에는 내 모습이 들어 있지만 대부분이 나의 주관적 생각임을 밝힌다. 그리고 이 글을 모두 읽고서 정치적 색감으로 바라보지 않길 바란다. 우주의 한 먼지보다 못한 이 보잘것없는 인간들이란 생명체가 만들어 낸 사회에서 모두들 정치적으로 바라보는 것은 아니다. 그냥 상식으로 바라보는 사람들이 훨씬 많다는 것을 알아주길 바란다. 나는 지금까지 한쪽으로 치우쳐 살지 않았다. 좌익의 사람도 상식에 어긋나면 비판했고, 우익의 사람들에게도 마찬가지 잣대로 대했다. 나는 상식과 공감, 역지사지의 철학으로 이 글을 썼다. 내가 비록 사진기자로 기자 생활을 했지만, 언론사 20년 생활을 하며 느낀 사회에 전반적인 부조리한 것을 내가 느낀 대로 표현하고 싶었다. 또한 누구나 한 번쯤을 생각해 봤던 느꼈던 감정인 사랑, 슬픔, 동감, 측은지심, 방황, 죽음, 죽음 뒤 영혼, 기부, 봉사, 자살, 살인 등을 대리 만족으로 글로 표현하고 싶었다. 사람은 행복을 찾던 그렇지 않던 자기 인생을 살 권리가 있다. 하지만 남을 불행하게 만들 권리는 없다.

인간은 행복을 좇는 유일한 동물이기에 그 행복을 위해 정치, 교육, 법, 종교, 돈을 만든 것이다. 행복을 위한 수단이 그 행복을 해치고 있는 것이다.

우리 인간의 삶은 고통의 연속이다. 어떠한 성취도 고통 없이는 이룰 수 없기 때문이다. 하지만 고통은 피할 수 없지만, 불행은 피할 수 있다. 행복은 우리 안에 있기 때문이다. 불행한 사람은 어디를 가든 누구를 만

나든 불행할 것이고, 행복한 사람은 어디를 가든 누구를 만나든 행복할 것이다. 내가 사랑을 줄 자신은 있으나 행복을 줄 자신은 없다고 한 이유다.

나는 죽음은 두렵지 않지만 잊혀진다는 게 무섭다. 이 책이 나오면 누군가의 책장에나 마음속에는 나의 육체보다는 오래 남아 있을 것 같다. 50년? 아니, 10년 아니 1년이라도 더 기억됐으면 좋겠다.

책의 제목인 '나는 보헤미안을 사랑한다'에서처럼 자유로운 영혼을 가진 인지자로 살고프다. 보헤미안은 체코 보헤미아 지방에 사는 유랑 민족인 집시를 말한다. 19세기 후반에 이르러 사회의 관습에 구애되지 않는 방랑자, 자유분방한 생활을 하는 예술가, 문학가, 배우, 지식인들을 가리키는 말이 되었고, 자유로운 영혼을 추구하고 집단이다. 이 자유로운 영혼을 가진 주인공으로 표현하고 싶은 창호는 유신론자이지만 종교 자체는 불신하고 있다. 신의 존재는 곧 자연이라 여기며 자연 즉 순리에 역행하는 죄악과 불법이 판치는 현대사회의 부조리를 비판하며 단죄한다. 살인으로 그 죄인들을 처벌하고 있지만 벌을 주기 위한 것보다 격리시키는 의미에서의 죽음으로 즉 자연으로 돌려보낸다. 두 남녀의 사랑을 길게 할애한 이유도, 사랑은 자연이 주는 가장 큰 선물이라 생각했고, 고양이인 '냐옹이'를 내세워 동물에 대한 사랑도 마찬가지라고 생각했기 때문이다.

내 인생의 행복은 사랑, 봉사, 죽음에 있다고 생각한다. 사랑 안에 봉사가 속하겠지만 엄연히 다르다. 봉사는 몸이나 물질이 소모될 수 있으나 정신은 행복하다. 사랑은 행복의 크기가 클 수 있지만 슬픔과 고통도 동반한다. 마지막 죽음은 어떻게 죽느냐에 따라 행복이냐 불행이냐 달려 있다. 누구나 행복한 죽음을 원한다. 혹자는 죽음에 행복한 죽음이 어디 있는가? 반문하겠지만 나에게는 분명히 존재한다. 추억을 갖고 그리움을 가지고 사랑을 베푼 사람은 누군가의 그리움이 대상이 된다. 그러한 죽음이 행복한 죽음이다. 그리고 나는 내가 죽을 때 나를 사랑했던 사람들이 울지 않았으면 한다. 다만 수고했다는 말 한마디면 충분하다. 죽음을 영면이라고 말하듯이 이승에서의 노고를 마치고 영원히 잠드는 것이라 생각하니까.

분명 이 글에서 나오는 살인 장면들에 모순점이 존재한다. "첨단을 달리는 현시대에 어떻게 저렇게 살인을 저지르는데 잡히지 않을 수 있지? 말도 안 돼."라고 하는 사람이 분명 존재할 것이다. 하지만 내가 표현하고자 하는 의도는 추리소설이나, 범죄소설에 나오는 완전한 구성을 갖춘 살인이 아니다. 앞으로의 사회가 과거보다 현재보다 점점 더 깨끗해지고 인간적으로 변화되기 위한 그들의 격리 또는 변화를 표현하고자 하는 것이다. 나의 개인적인 생각은 나의 이런 생각들이 옳다고 생각된다. 인간은 서서히 더 인간적으로 도덕적으로 변화할 것이며 착해질 것이다. "왜? 어째서?"라고 묻겠지만 나는 명확히 말할 수 있다. 그것이 진정한 쾌락이기 때문에…… 물질이 점점 풍족해지고 발전해지는 현대사회나 미래사회에서는 과거 빵 한 조각을 먹기 위해 싸우던 때와 다르기 때문에…… 우리의 신체는 점점 혼자 있기를 원하지만 기쁨, 행복은 혼자만이 이룰 수 없다는 것을 깨닫게 될 것이기 때문에…….

돈이면 법 앞에서도 신 앞에서도 우위에 있을 수 있다고 믿는 사람들이 점점 늘어나고 돈 때문에 인륜과 천륜을 버리는 경우가 다반사다. 과연 물질이 신이고 도덕이고 행복이라 느끼는가? 묻고 싶다.

나는 스티브 잡스의 말이 떠오른다.

"끝없는 부를 추구하는 것은 결국 나 같은 비틀린 개인만을 남긴다. 신은 우리에게 부가 가져오는 환상이 아닌 만인이 가진 사랑을 느낄 수 있도록 감각을 선사하였다. 내 인생을 통해 얻은 부를 나는 가져갈 수 없다. 내가 가져갈 수 있는 것은 사랑이 넘쳐 나는 기억들뿐이다. 그 기억이야말로 너를 따라다니고, 너와 함께하고, 지속할 힘과 빛을 주는 진정한 부이다."라고 그는 말했다. 스티브 잡스는 죽기 직전에 이런 생각을 했지만 앞으로의 인간들은 더 똑똑해진다. 죽기 직전이 아니어도 스티브 잡스와 같은 생각을 할 것이라 믿는다.

부모에게 물려받은 재산 때문에 행복한가? 또 자식에게 많은 유산을 물려주어 눈감을 때 행복할까? 물질적 쾌락보다 나누고, 사랑하고, 베푸는 정신적인 쾌락, 도덕적인 쾌락이 주는 행복을 느껴 보길 바란다. 자신의 성공, 즉 부와 재능을 환원하는 사람이 되길 바란다.

인간은 유일하게 참다운 사랑을 할 수 있는 동물이다. 가족을 사랑해서, 사회를 사랑해서, 국가를 사랑해서 그것을 지키기 위해 떼를 지어 싸우는, 즉 전쟁이라는 것을 하는 유일한 동물이다. 한시도 전쟁이 없었던 시기는 없었지만 서서히 줄어들고 있다. 이유는 도덕적인 쾌락이 인간을 더 행복하게 한다는 것을 깨닫고 있기 때문이다. 미래에는 굶주리는 사람도 없어질 것이고, 전쟁을 위한 핵무기도 없어질 것이며, 그리고 악인들도 서서히 줄어들 것이라 믿는다. 자연에 순응하는 자유로운 영혼과 자정 능력을 가진 인간들이 넘쳐 날 것으로 믿는다. 부딪히고 넘어지고 깨져도 우리의 미래는 과거보다 좋아지게 되어 있다. 이것이 자연의 질서이다.

이 글을 쓰면서 내 인생을 다시 돌아보게 되었다. 책이 나오기까지 나를 도와준 친구, 동료, 나의 가족들, 나의 영원한 사랑 아프로디테에게 이 책을 바칩니다.

나는 보헤미안을 사랑한다

초판 1쇄 발행 2020년 4월 1일

지은이 박성일
펴낸이 이기봉
편집 좋은땅 편집팀
펴낸곳 도서출판 좋은땅
주소 서울 마포구 성지길 25 보광빌딩 2층
전화 02)374-8616~7
팩스 02)374-8614
이메일 gworldbook@naver.com
홈페이지 www.g-world.co.kr

ISBN 979-11-6536-260-7 (03810)

- 가격은 뒤표지에 있습니다.

- 파본은 구입하신 서점에서 교환해 드립니다.

이 도서의 국립중앙도서관 출판예정도서목록(CIP)은 서지정보유통지원시스템 홈페이지(http://seoji.nl.go.kr)와 국가자료공동목록시스템(http://www.nl.go.kr/kolisnet)에서 이용하실 수 있습니다. (CIP제어번호 : CIP2020012446)